ESTE LIVRO É DEDICADO A TODOS OS SEGUIDORES E ADMIRADORES DO TRABALHO DE GABRIEL TENÓRIO DANTAS, O

MR. POLADOFUL

Preparação: Fernanda França
Revisão: Valquiria Della Pozza, Giovana Bomentre e Leandro Quintanilha
Projeto gráfico e diagramação: Vitor Gentil
Imagens de miolo: arquivo pessoal e Tabatha Hochreiter
Design de capa: Luiz Sanches Junior
Imagem de capa: Tabatha Hochreiter e ZouZou/Shutterstock

CIP-BRASIL. CATALOGAÇÃO NA PUBLICAÇÃO
SINDICATO NACIONAL DOS EDITORES DE LIVROS, RJ

P814t

Poladoful
Tá ligado, meu irmão? / Mr. Poladoful com Adriana Dantas. - 1. ed. - São Paulo: Planeta, 2018.

ISBN 978-85-422-1200-6

1. Poladoful. 2. Personalidades da internet - Biografia. I. Dantas, Adriana. II. Título.

17-45301 CDD: 920.71
CDU: 929-055.1

2018

EDITORA PLANETA DO BRASIL LTDA.
Rua Padre João Manuel, 100 - 21º andar
Edifício Horsa II - Cerqueira César
01411-000 - São Paulo-SP
www.planetadelivros.com.br
atendimento@editoraplaneta.com.br

SUMÁRIO

1. O nascimento e a aventura escolar 6

2. A casa nova e a fase dos bichos 20

3. A música e o nariz 32

4. A escola e o marketing 44

5. O cadeirão e o canal 50

6. A fama e o anonimato 62

7. A engenharia e o cinema 70

8. Um bicho estranho e a chegada da sorte 80

9. O #MetComedyChallenge e o celular para o alto 90

10. São Paulo e a cara a tapa 100

11. Os trailers literais e o teatro histórico 108

12. O megadesafio e o miniapartamento 116

13. O curso e a montanha 126

14. A mudança *para* São Paulo e as mudanças *em* São Paulo 138

15. Teatro, cinema e televisão 148

CAPÍTULO 1

O NASCIMENTO E A AVENTURA ESCOLAR

Ainda no ventre já se mostrava particularmente agitado, e Adriana precisou tomar remédios contra enjoo durante os quatro primeiros meses de gestação. Depois desse período, já podia sentir os pezinhos da criança se moverem acrobaticamente de um lado para o outro, como se seu útero fosse um ginásio na Olimpíada. Aos poucos, ela tomava consciência de que carregava um menininho inquieto. Mas, mesmo assim, ainda não imaginava que daria à luz um influenciador. Essa palavra não existia na época, a propósito. Era 1996: mal havia internet, quem diria YouTube. Escolheu um nome de anjo para o filho, **Gabriel**. Em vão. Ele seria conhecido anos mais tarde como **Mr. Poladoful**.

O apelido é uma adaptação da gíria "bolado", criada pelo Google como sugestão alternativa de login. Já haveria um youtuber chamado Bolado; até "Bolado", que não significa nada, já teria dono. Poladofull seria a primeira tentativa, mas a conta daria problemas. MrPoladoful ficaria para a eternidade, então. "A galera pensa que o apelido tem uma explicação incrível, mas a verdade é essa: o motivo foi *totalmente aleatório*", diverte-se o youtuber aos 21 anos. Com o nome artístico, abocanharia mais de 4 milhões de seguidores, além de vencer um prêmio internacional e emplacar o próprio programa de televisão. **Mas calma: ele ainda precisava nascer**. E isso aconteceu em 20 de abril de 1996, às 23h05. E já chegou colocando a boca no mundo. Chorava alto para todo mundo ouvir. Os pais não podiam imaginar que um dia aquele bocão levaria tanta gente ao frenesi.

Gabriel nasceu em Maceió, a capital do estado de Alagoas, no Nordeste brasileiro. O sotaque seria mais um de seus charmes. Os pais organizaram tudo para a chegada daquele que seria seu único filho. "Meus pais são foda – sempre me apoiaram e quiseram meu melhor. Tenho sorte", disse Gabriel durante a preparação deste livro, num breve momento de seriedade, em que se expressaria sem recorrer a nenhum palavrão.

Polado cresceu com os privilégios de uma família de classe média, mas nunca foi mimado. Francisco Dantas, o pai, empenhou-se durante toda a vida no trabalho em uma indústria química, e Adriana, formada em nutrição, diminuiu o ritmo do trabalho para dedicar-se quase que integralmente à educação do filho. Chegou, inclusive, a recusar uma tentadora proposta de trabalho em outro estado.

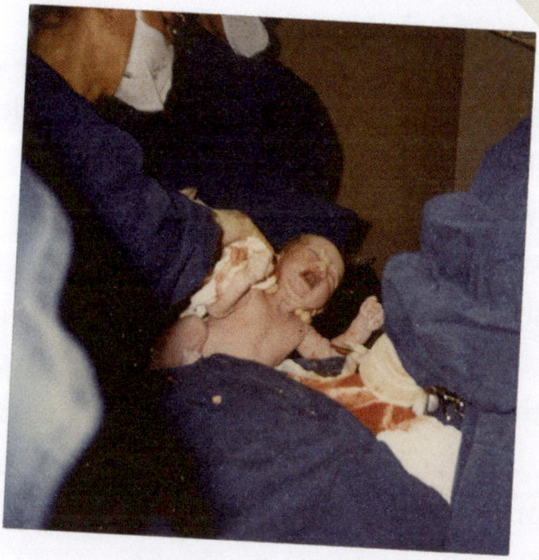

> "A GALERA PENSA QUE O APELIDO TEM UMA EXPLICAÇÃO INCRÍVEL, MAS A VERDADE É ESSA: O MOTIVO FOI TOTALMENTE ALEATÓRIO."

Gabriel sempre foi precoce. Começou a andar antes de completar o primeiro ano de idade. Corria pelos quatro cantos do apartamento em que a família morava. Queria entender muito rapidamente tudo o que se passava ao seu redor e vivia metendo as mãos onde não devia. Nunca engatinhou – pulou direto para os primeiros passinhos. Logo estava correndo, aprontando e descobrindo sobre o mundo. Aprendeu a escrever com letra bastão aos 3 anos, com o auxílio da mãe.

Adorava uma farra. Enquanto a mãe ainda trabalhava dando plantões em um hospital, o Polado Pai o levava para viver suas primeiras aventuras.

Um dia, o pai o levou para passear num teco-teco. Gabriel tinha menos de 2 anos. A mãe, que só foi informada depois, quase morreu do coração. **O menino pegou gosto pelo perigo**. Um dia, com a ajuda do pai, desceu de velocípede pela ladeira de um viaduto que ficava perto do prédio onde a família morava. Para alívio da mãe e dos futuros fãs, Poladinho não se machucou.

A mãe ficava apreensiva com as aventuras dessa dupla dinâmica de pai e filho. Tinha medo de que algo de mal lhe acontecesse. O casal discutia, mas logo fazia as pazes, entretido pelo carisma do menino.

Gabriel era uma criança levada, mas sempre se safava das broncas por ser também muito simpático e alegre. Na creche, virou logo o queridinho das cuidadoras.

Aos 2 anos, Gabriel foi para uma escolinha e aí as coisas ficaram "sérias". A fase pré-escolar é a fase das maiores aventuras que uma pessoa pode viver em toda a sua história de vida. Foi nessa escola que ele conheceu os primeiros amigos de infância, mas também aqueles coleguinhas que não eram tão amigos assim.

Nessa época, ele ficou meio polado – bolado, melhor dizendo. Era difícil para ele se adaptar às regras de obediência e à rotina. O pequeno Gabriel até tentava se manter na linha – esforçava-se para se adaptar à pré-escola, desenhar sobre o pontilhado, ser um bom menino. Mas volta e meia não se continha e aprontava alguma.

Por diversas vezes, o turno acabou mais cedo para ele na escola, e Gabriel precisou encarar o semblante preocupado da mãe, na sala da coordenação, enquanto os dois ouviam sempre o mesmo blá-blá-blá sobre regras de conduta e convivência.

Gabriel tinha uma estratégia para desarmar a mãe: logo que a via, corria em sua direção, demonstrando uma felicidade devastadora apenas por reencontrá-la. Assim não tinha muito como ela ficar brava. Todos os dias, Adriana levava e buscava o filho na escola. Procurava saber como tinha sido o dia dele, o que tinha feito, aprendido e, claro, aprontado. Ela sempre perguntava pela agenda do menino e procurava atentamente pelos recados não lá muito motivacionais deixados pelas professoras.

Ao chegar em casa, Gabriel almoçava e depois ia descansar, brincando ou vendo desenhos animados, que mais tarde se tornariam referências para suas piadas e paródias. Ele adorava especialmente as aventuras que eram recheadas de humor, como *Bob Esponja, Hey Arnold, Pinky e o Cérebro, Pica-Pau, Bananas de Pijamas, O Laboratório de*

Dexter e *As Meninas Superpoderosas*. "Eram desenhos muito brisados!", lembra ele, que hoje é fã de *Hora da Aventura* e *Os Simpsons*. "Muitas das minhas referências mirabolantes e aleatórias que uso nos vídeos vêm desses desenhos."

Gabriel também curtia séries, muito antes da Netflix. Na infância, suas favoritas eram *Alf, o ETeimoso*, da década de 1980, e *Kenan & Kel*, dos anos 1996 a 2000. Depois de se distrair vendo TV, Poladinho fazia as tarefas escolares, sempre com a ajuda da mãe ou do pai. Apesar de levado, era um bom aluno: entregava as tarefas em dia e sempre tirava ótimas notas.

Isso deixava os pais orgulhosos. Todo final de semestre, Adriana pegava o boletim do filho e ficava feliz da vida com o rendimento do pequeno. Como prêmio, ele ganhava um "momento comemoração" no shopping. Podia lanchar o que quisesse (preferia sempre um McLanche Feliz) e ainda podia escolher um presente ou uma atividade de sua preferência, como brincar na loja de games, o que sempre deixava o Poladinho eufórico.

De tempos em tempos, Adriana combinava com a mãe de um coleguinha de os dois brincarem juntos. Quem seria o amigo escolhido? Era o João Neto, que vez ou outra ele ainda cita nos vídeos. **Pois é, ele existe de verdade!**

Estudaram juntos até o 9º ano e depois cada um seguiu para uma escola diferente. Uma curiosidade da infância deles é que os dois sempre escolhiam o mesmo lanche e o mesmo brinde. Tinha de ser o mesmo! Quando não havia dois brindes iguais em estoque, rolava o maior descontentamento entre os amigos. Gabriel e João Neto perderam o contato na adolescência. Mas Polado faria muitas referências a seu primeiro melhor amigo em seus vídeos, anos depois.

João Neto acabou vendo alguns vídeos e curtiu a brincadeira. Os dois até armaram um encontro com toda a turminha da infância em Maceió, mas essa história fica para mais adiante.

Gabriel tinha bons amigos na primeira infância, mas arqui-inimigos mirins também. Na escola, ocorriam algumas brigas por motivos variados. O mais comum era haver discordâncias durante trocas de figurinhas. Era sempre uma confusão e uma desfeita quando alguém completava o álbum primeiro. A turminha também perdia as estribeiras em batalhas de Beyblade, uma espécie de pião japonês, porém mais tecnológico. As bolinhas de gude também eram ótimas para despertar desafetos, mas não tanto quanto ioiôs. Ai de quem usasse aquelas versões "profissionais", com luzinha e tudo. As brigas às vezes estragavam a brincadeira, mas eram parte da experiência. Ou seja, da infância.

Também havia muita festinha com refrigerante, bolo, pirulitos e brigadeiro. Muito açúcar deixava as crianças elétricas, claro. E Gabriel já era agitado por natureza. Adorava comemorar aniversários na escola, com balões e brindes, distribuídos sem distinção para amigos de verdade e arqui-inimigos de mentirinha.

No entanto, a dinâmica da escola em relação aos alunos que não tinham pai e/ou mãe era bastante interessante. Havia uma data comemorativa, intitulada o Dia da Família Escolar. Era uma data aleatória, dedicada à interação da criança com os seus familiares, independentemente de quem fossem (pais, tios, avós ou outros arranjos), e das famílias com os professores e os demais funcionários da escola. A confraternização ocorria sempre em um espaço recreativo – geralmente um sítio – com piscina. Havia gincanas, brincadeiras, prêmios e, claro, guloseimas também. Ainda não existia essa gíria, mas Gabriel achava tudo muito "da hora". Ele também adorava os passeios ecológicos e históricos organizados pela escola.

As excursões sempre geravam muita expectativa. As crianças ficavam a postos, com mochila nas costas e com todo o arsenal de primeira, segunda e até mesmo terceira necessidades.

"Quem vai chegando vai ficando atrás, menino educado é assim que faz...", cantavam. Mesmo adulto, Polado ainda cantarola mentalmente essa música sempre que precisa resolver algum compromisso que envolva uma fila quilométrica. Como realizar o check-in antes de um voo (Gabriel odeia avião, mas adora viajar!).

A agitação do Poladinho já começava no dia anterior de cada passeio. Eram muitas variáveis. *Qual coleguinha sentaria ao seu lado? Qual dos dois teria o privilégio de sentar-se ao lado da janela? Poderia levar a máquina fotográfica da família para registrar tudo?* E o mais importante: *os pais lhe dariam algum dinheirinho?* O objetivo dele era, claro, comprar objetos que enriquecessem os trabalhos escolares, para um melhor aproveitamento de suas notas. E, quem sabe, alguns presentinhos – para ele e para os pais.

As crianças faziam o maior fuzuê para entrar no ônibus, num processo que era meio barulhento, confuso e cansativo – mas ainda divertido –, até que todos estivessem em seus lugares, preparados para partir. Poladinho acenava para os pais, do lado de fora, tão ansiosos quanto ele.

Os passeios da escola passavam muito rápido. Aprendizagem e diversão se confundiam em uma experiência só. Eles voltavam no finalzinho da tarde, exaustos, felizes e com muita história para contar em casa. Gabriel, principalmente. Pena que nessa época ele ainda não fazia vídeos.

"MEUS PAIS SÃO FODA
— SEMPRE ME
APOIARAM E
QUISERAM MEU
MELHOR.
TENHO SORTE."

CAPÍTULO 2

A CASA NOVA E A FASE DOS BICHOS

No início de 2001, a família se mudou para uma casa, a primeira desde o nascimento de Gabriel. Ficava no bairro de Santa Amélia, a cerca de 10 quilômetros do antigo endereço, no Farol. Até os 5 anos, Poladinho só havia morado em apartamentos. Vários deles. Alguns, bons; outros, nem tanto. Dois deles eram seus preferidos, pois tinham área de lazer, com piscina e parquinho.

Seu aniversário também era sempre comemorado nos salões de festas desses condomínios, além das festinhas na escola. Tudo decorado. Além da família, muitos amiguinhos eram convidados. No dia seguinte à festa, Gabriel acordava ansioso para brincar com tudo o que tinha ganhado de presente.

As comemorações continuaram depois da mudança e duas delas foram particularmente inesquecíveis. A primeira, que foi na casa nova, no aniversário de 6 anos, foi surpresa. Quando Poladinho chegou da rua com o pai, todos os amigos o aguardavam na sala: "Surpresa!". O menino, que ainda se tornaria um grande improvisador, sempre teve um fraco por momentos de alegria imprevista. A segunda aconteceu em um clube.

Os pais de Polado contrataram carrinhos de algodão-doce, pipoca e cachorro-quente. Também organizaram brincadeiras com direito a vários brindes. Corrida de saco e com ovo na colher foram algumas das competições escolhidas. Havia até um pula-pula!

Ainda nessa mesma festa, houve uma partida de futebol. Teria sido melhor ainda se o time de Gabriel tivesse vencido a competição, mas não foi a vez do Polado Futebol Clube (O.k., não tinha esse nome – fica como licença poética). O time adversário acabou ficando com o troféu, mas todo mundo ganhou medalhas. O importante é competir, afinal. Ainda mais quando se tem apenas 8 anos.

A casa nova ficava em um bairro afastado do centro da cidade, na parte alta de Maceió. Era um condomínio fechado e a família Polado foi uma das primeiras a se mudar para o lugar. Naquele ano, quase não havia outras casas construídas nas redondezas. O condomínio era novo e não fazia muito tempo desde a entrega dos terrenos aos proprietários. Ou seja, praticamente não havia vizinhos.

A casa da família ficava na rua principal. Tudo seria perfeito, não fosse o fato de que Gabriel era a única criança em quilômetros.

Como não havia vizinhos, Poladinho brincava sozinho e assistia a desenhos animados. Algumas vezes, a mãe trazia alguns dos amigos dele da escola, e, no fim da tarde, ela os levava de volta para suas respectivas casas. Outras vezes, Gabriel era convidado e podia sair um pouco do condomínio.

Com o tempo, o isolamento foi atenuado com a presença eventual de outra criança nas redondezas. Álvaro era sobrinho de um vizinho e ia passar as férias no condomínio. Os dois ficaram amigos e brincavam muito, mas do lado de dentro de casa: divertiam-se jogando no computador e no PlayStation.

Depois de quinze dias, Álvaro ia embora e Poladinho ficava outra vez sem companhia para brincar. Hoje ele diz que nunca se incomodou realmente com o fato de ser filho único. "Faço tudo melhor sozinho – acho que por causa disso. Nunca senti falta de irmãos." Em boa parte de sua carreira na internet, foi a própria "equipe": escrevia, apresentava, gravava, editava, publicava e divulgava tudo por conta própria.

Mas voltemos para a infância dele. Havia naquela casa um mezanino, que tinha uma janela com vista para a lagoa. Era uma suíte bem agradável, com varanda. O quarto de Gabriel ficava no térreo, vizinho ao dos pais, mas era no quarto de cima que ele passava a maior parte do dia. Foi ali que aprendeu a se virar sozinho. Essa independência seria importante no futuro.

Logo depois que chegava da escola, Poladinho almoçava e subia para assistir a desenhos ou jogar videogame. Não demorava muito para que começasse a ouvir os gritos da mãe, pedindo que descesse para fazer os exercícios, estudar e tomar banho.

ELE NUNCA SE INCOMODOU COM O FATO DE SER FILHO ÚNICO. "FAÇO TUDO MELHOR SOZINHO – ACHO QUE POR CAUSA DISSO. NUNCA SENTI FALTA DE IRMÃOS."

EM BOA PARTE DE SUA CARREIRA NA INTERNET, POLADO FOI A PRÓPRIA "EQUIPE": ESCREVIA, APRESENTAVA, GRAVAVA, EDITAVA, PUBLICAVA E DIVULGAVA SEUS VÍDEOS POR CONTA PRÓPRIA.

Adriana acompanhou Poladinho na realização das tarefas até o 5º ano do ensino fundamental. Ela o ensinou a ler e a escrever muito cedo. Aos 3 anos ele já reproduzia o alfabeto com letra bastão. Nessa época, ele criou sozinho uma narrativa e fez também as próprias ilustrações. Era sobre um morcego do bem que passou a não gostar mais de sangue depois que experimentou mel.

Com 5 anos Poladinho já estava alfabetizado e foi adiantado em um ano na escola. A mãe era exigente quanto aos estudos e o garoto sempre tirava ótimas notas. A partir do 6º ano, ela deixou por conta dele e só o auxiliava quando surgia alguma dúvida.

Gabriel sempre foi muito bem orientado e, enquanto a maioria de seus colegas precisava de reforço escolar de tempos em tempos, ele conseguia se virar sozinho. Era isso que Adriana desejava: **que o filho aprendesse a andar com as próprias pernas.**

Cuidar de bichinhos também acabou sendo um exercício de responsabilidade. Ele sempre quis ter um animal de estimação, mas as primeiras tentativas foram frustrantes.

O primeiro, ou melhor, os primeiros animais que entraram para a família foram trazidos pelo pai. Certo dia, ele voltou da rua com três pintinhos. Foi uma confusão, porque Francisco não tinha combinado nada com Adriana. Mas é claro que Gabriel adorou a surpresa. Os pintinhos piavam o dia todo, e o pior é que sujavam tudo de coco e ração. Nem Poladinho e muito menos o pai se candidatavam a limpar toda aquela bagunça. Sobrava então para Adriana, que não tinha nada a ver com aquela "adoção". E esse teria sido o motivo pelo qual esses pintinhos tiveram logo que arranjar um novo abrigo, o sítio de um parente.

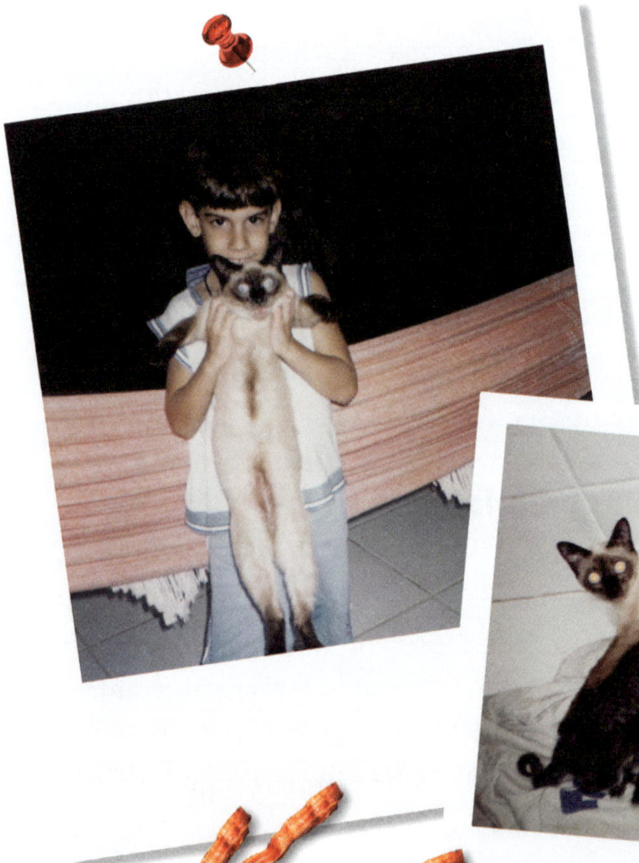

Em outro momento, a madrinha de Gabriel deu um aquário de presente ao menino, que foi mantido pela família por muitos anos. O aquário sempre foi o mesmo, mas mudavam os inquilinos de tempos em tempos. No começo, os peixes matavam uns aos outros. Depois, a família estudou melhor a questão e escolheu espécies mais adequadas a uma convivência pacífica. Poladinho escolheu os nomes: Djeny e Bob, inspirados nos personagens do desenho *O Fantástico Mundo de Bob*, mas adaptados ao jeito que o menino entendia nomes próprios em inglês.

Um dia, Gabriel chegou da escola e encontrou Bob todo inchado, boiando no aquário. Aquilo o deixou muito chateado. Algum tempo depois a mesma coisa aconteceu com Djeny, talvez por excesso de alimentação. O aquário perdeu, então, o encanto para Poladinho e foi aposentado.

A terceira tentativa da família foi uma gata siamesa – esta, sim, um presente de Adriana. Foi batizada como Natasha, porque era o nome da deusa da morte em um jogo que ele adorava. Gabriel ficou doido! Tentou educá-la como uma boa "menina". Exigia que a felina o obedecesse e, quando ela se recusava, Poladinho ficava furioso e tentava colocá-la quietinha no canto, de castigo, "para pensar". É claro que a gatinha não cumpria as ordens do garoto, que ficava irado com a insubordinação.

Como se isso não bastasse, Natasha era namoradeira. Passava a noite se pegando com os gatos da vizinhança e ninguém conseguia dormir em casa. Os miados lembravam gritos – parecia mais briga do que namoro. Gabriel não entendia nada e achava que os bichos estavam se matando. Depois de um tempo, Natasha deu à luz uma ninhada de filhotes.

Adriana ficou desgostosa com aquela gataiada pela casa e entregou os bichos aos cuidados de uma funcionária da família.

Gabriel ficou desolado com a partida de Natasha e sua trupe, mas entendeu que seria muita crueldade separar a mãe de seus filhotes.

Na quarta tentativa de adotar um animalzinho, escolheram um coelhinho, já que era época de Páscoa. O bicho morria de medo de todos, e Poladinho passou o dia inteiro tentando se aproximar para brincar com ele. Se soubesse o que aconteceria com o coitado, o menino teria tentado ainda mais.

A casa tinha terraço e jardim. Então, o coelho ainda sem nome haveria de ser feliz ali, brincando livremente. Gabriel não conseguiu escolher o nome no primeiro dia e decidiu pensar por uma noite antes de batizá-lo.

No dia seguinte, não encontrou o coelho no jardim, no terraço nem na garagem... Recorreu aos pais, que estavam arrasados. De manhã bem cedo, tinham encontrado o coelho estraçalhado no quintal e já tinham tratado de retirá-lo dali para que o filho não se deparasse com aquela imagem terrível.

O coelho ainda sem nome tinha sido morto pelo gato do vizinho, o Caco. O senhor que era dono do bicho ficou desconcertado com a situação e tentou remediar a perda com um presente, um cachorrinho de brinquedo que balançava a cabeça. Depois disso, Poladinho passou a querer muito um cachorro, mas Adriana já havia chegado ao limite – não queria mais nenhum animal. Poladinho ainda não sabia, mas teria um grande amigo chamado Coelho (sim, o youtuber), que viria com um cachorrinho insuportável.

TENTOU EDUCAR A GATINHA COMO UMA BOA "MENINA". EXIGIA QUE A FELINA O OBEDECESSE E, QUANDO ELA SE RECUSAVA, POLADINHO FICAVA FURIOSO E TENTAVA COLOCÁ-LA QUIETINHA NO CANTO, DE CASTIGO, "PARA PENSAR". É CLARO QUE A GATA NÃO CUMPRIA AS ORDENS DO GAROTO, QUE FICAVA IRADO COM ESSA INSUBORDINAÇÃO.

CAPÍTULO 3

A MÚSICA E O NARIZ

Com ou sem bichos, Gabriel acabava se entretendo com a própria imaginação. Desde criança, gostava de pensar sobre como as coisas poderiam ficar mais interessantes. "Uma vez, quando eu era bem pequeno, a minha babá ficou encarando a parede e desmaiou. Por muito tempo, eu achava que ela tinha se demitido porque tinha medo da nossa parede", lembra. "Ela tinha labirintite, na real."

Mesmo criança, sem que pudesse prever quanto sua personalidade irreverente o levaria longe, **Gabriel já demonstrava interesse pelo diferente – e aversão pela mesmice.**

Ainda muito pequeno, aprendendo a reproduzir as letras bastão, esboçava histórias surreais. Talvez por isso Polado nunca tenha conduzido a própria vida de um jeito convencional. Chegou a flertar com uma vida teoricamente mais previsível e segura: cogitou estudar medicina e começar a faculdade de engenharia, mas logo deu um jeito de apostar todas as suas fichas num campo completamente imprevisível: **a internet – tá ligado, meu irmão?**

Mas, calma, na nossa história ele ainda era criança, apesar de muitas vezes demonstrar a determinação de um adulto. Quando criava suas narrativas, como a do morcego do bem, ele escrevia, ilustrava e dobrava o papel sulfite para parecer um livro. Era realmente uma viagem lúdica. Mas com pretensões editoriais.

O mais engraçado de tudo isso era que, quando o "livro" ficava pronto, Poladinho perguntava à mãe se ela queria comprá-lo. Mal entendia para que servia dinheiro, mas já era bem esperto. Era um artista empreendedor.

Além de negociar seus "livros", Gabriel também demonstrava interesse pelo "mercado" da música. Era autodidata. Começou com cerca de 7 anos, tocando um piano de brinquedo que havia ganhado de presente. Depois, migrou para um teclado que a mãe tinha em casa.

Passava horas a fio brincando de "tirar" sons. Depois de muita persistência, conseguia reproduzir a melodia. Pouco tempo depois, começou a "tocar de ouvido" qualquer som que curtisse, embora não tivesse nenhum conhecimento técnico formal.

Adriana passou a comprar para o filho revistas de música que vinham com acordes musicais. Gabriel ficava muito tempo se distraindo, tocando tudo o que ouvia. Mas não de qualquer jeito. Mesmo em casa, vestia a sua indumentária: colocava óculos escuros, uma corrente grossa e uma jaqueta preta que ele adorava. Depois fazia o show acontecer ali mesmo, na sala.

Logo os pais perceberam que o filho levava mesmo jeito para a coisa. Providenciaram um teclado melhor e contrataram um professor particular para lhe dar aulas regularmente.

O professor de música ficou admirado com quanto era aguçado o ouvido de Poladinho. Mas havia uma divergência de estilos entre os dois (Gabriel era muito mais pop!), e as aulas não duraram muito tempo. Ele nunca mais tocaria a música de Titanic.

Embora o professor fosse um excelente profissional, as músicas que costumava ensinar não eram para Gabriel sinônimo de diversão. O garoto gostava de rock e das músicas nacionais que ouvia pela televisão. O professor, por sua vez, era fã de música clássica e de trilhas de filmes dramáticos.

Mesmo sem aulas, Poladinho se manteve em atividades musicais. Começou a fazer apresentações na escola e em festas da família e da comunidade. Mesmo que não fosse algo programado ou ensaiado, o menino sempre dava um jeito de dar uma palhinha nesses eventos.

Nas festinhas da escola, ele arrasava. Algumas vezes, tocava de olhos fechados porque queria sentir a música (e já conhecia o teclado de cor). Os colegas até cobriam os olhos dele para desafiá-lo. Gabriel não se intimidava – continuava tocando direitinho, curtindo o seu momento.

Uma vez, foi convidado para participar de um evento chamado "Os Vips da Night", que incluía duas crianças famosas. Eram atores mirins de uma rede de televisão. Para se destacar, Gabriel fez sua apresentação de um jeito inusitado: **tocou parte da música com o nariz, sem usar as mãos.**

Ele sempre foi assim. Desde criança, adorava chacoalhar o óbvio, transgredir o convencional. Ao final das apresentações, Gabriel e as duas minicelebridades foram brincar na piscina de bolinhas. Famosos ou não, eram crianças, acima de tudo.

A MÃE ADORAVA ESCUTAR O FILHO TOCAR QUALQUER COISA. SEMPRE O INCENTIVAVA A PARTICIPAR DE EVENTOS.

CARREGAVA PARA CIMA E PARA BAIXO AQUELE TECLADO PESADO PARA QUE GABRIEL SE APRESENTASSE AONDE QUER QUE FOSSE, FICAVA TODA ORGULHOSA DO MENINO.

Quando ele fez 10 anos, sua mãe resolveu gravar um DVD amador com o menino tocando algumas das músicas que havia aprendido. Foi uma superprodução familiar. Adriana separou várias roupas para Gabriel usar em diferentes momentos. Ele também trocava de acessórios, como bonés e gravatas.

YAMAHA

Ela mesma não sabia ao certo se pretendia transformar o filho num superstar ou se só queria mesmo brincar de ser produtora daquele novo talento nacional que, por acaso, era seu único filho.

Poladinho produzia arranjos diferentes para cada música escolhida e, embora gostasse muito de tocar, fazia isso só para se divertir mesmo. A verdade era que, ao menos naquela época, ele não curtia nem um pouco a ideia de aparecer em público. Os momentos de "fama" eram um efeito colateral daquela diversão toda.

A mãe produziu o DVD com o intuito de enviá-lo a um programa de televisão de caça-talentos. Ela não poderia imaginar que um dia Gabriel teria o próprio programa de televisão, o **Só Pra Parodiar**, exibido pelo canal pago Multishow. Mas essa história fica para o final do livro.

A ligação de Polado com a música é uma história muito antiga (tão antiga quanto pode ser a história de um rapaz tão jovem). Talvez tenha nascido com ele. Hoje, Gabriel toca sempre que sobra um tempo ou surge uma

inspiração. Volta e meia, ele dá um jeito de incorporar músicas aos vídeos do canal. Além do teclado, também toca violão, guitarra, uquelele e escaleta. Será que também com o nariz?

Polado se orgulha muito das produções musicais que faz para o canal no YouTube. "Nunca falta ideia pra música", conta. "Se ouço uma base, já tenho uma ideia de letra... Adoro fazer trailer literal também. Como faço muito devagarinho, consigo encaixar um monte de piada." Um segredo dele é falar muito rápido para ficar sonoramente ainda mais engraçado.

Paródias como **"Meu cavalo"; "O entregador", "Pizza Dude" e o "Limpador de ruas"** fizeram muito sucesso na rede. Ele também se lembra com carinho das letras e dos arranjos que fez para o vídeo "Nintendo Wee" e para um clipe musical que deu um trabalho gigantesco: "Crônicas de Steve".

Os trailers musicais também são extremamente trabalhosos, mas os resultados sempre o deixam realizado.

"SE OUÇO UMA BASE, JÁ TENHO UMA IDEIA DE LETRA... ADORO FAZER TRAILER LITERAL TAMBÉM. COMO FAÇO MUITO DEVAGARINHO, CONSIGO ENCAIXAR UM MONTE DE PIADA."

UM SEGREDO DELE É FALAR BEM RÁPIDO PARA FICAR SONORAMENTE AINDA MAIS ENGRAÇADO.

CAPÍTULO 4

A ESCOLA E O MARKETING

Aos 9 anos, Gabriel foi para um colégio novo. É que na escola em que estudava até então só havia turmas até o 5º ano do ensino fundamental. Como foi alfabetizado muito cedo e adiantado de série quando novinho, era dois anos mais novo do que a maioria dos colegas de sala.

A nova escola era muito maior do que a anterior e, portanto, não muito acolhedora. Tudo acontecia rapidamente e Gabriel precisava encarar a vida por um ângulo mais quadrado do que estava acostumado. No começo, foi bem difícil. Uma turma diferente, alunos mais velhos e desconhecidos e uma didática bem discordante da que teve na primeira escola.

ERA UM PEIXE FORA D'ÁGUA.

Na época, a maioria dos novos colegas já tinha seus grupos formados, suas panelinhas. Poladinho passou, então, a andar com um pequeno grupo formado por crianças que também tinham vindo da escola anterior. Era um clubinho de excluídos.

Foi a pior fase da vida dele, mesmo considerando os perrengues que viveu no começo da vida adulta ao se mudar para São Paulo. É que o ensino ali era meio maçante. Ao mesmo tempo, Gabriel precisava administrar um cotidiano cheio de decoreba e trabalhos em grupo, tinha de amadurecer mentalmente, na maior velocidade que conseguisse, para encontrar o seu lugar entre colegas já adolescentes.

Do 6º ao 9º ano, ele sofreu um bocado. Poucos amigos e uma vida social bem capenga. Estudava de manhã e à tarde cursava inglês ou se dedicava a algum esporte.

O grupinho com quem andava nessa época era pequeno, desanimado, porque cada colega também vivia o próprio drama, como é comum nessa faixa etária. Tinha amigos que mudaram bruscamente de comportamento nessa época. Alguns se desinteressaram pelos estudos e outros viviam matando aulas. Também houve os que migraram para outras turmas ou outros colégios. Os gatos-pingados que restaram não demostravam ânimo para nada. **Que fase!**

COMO FOI ALFABETIZADO MUITO CEDO E ADIANTADO DE SÉRIE QUANDO NOVINHO, GABRIEL ERA DOIS ANOS MAIS NOVO DO QUE A MAIORIA DOS COLEGAS DE SALA. TINHA POUCOS AMIGOS E UMA VIDA SOCIAL BEM CAPENGA. ERA UM PEIXE FORA D'ÁGUA.

Os pais de Poladinho também não estavam satisfeitos com a didática aplicada naquela escola. Os trabalhos em grupo eram muito frequentes. Aqueles em que metade do grupo se compromete a estudar e a outra metade fica só "lixando as unhas". Você certamente já fez parte de uma dessas metades, né? Sem julgamentos.

No 9º ano, os pais de Gabriel decidiram colocar o filho em uma escola mais exigente, com aulas voltadas para o vestibular. Mas o novo colégio ficava muito longe da casa da família. Então, os Polados se mudaram mais uma vez! Agora, para um prédio que ficava logo atrás dessa escola.

Foi a decisão mais acertada que tomaram. Gabriel ia e voltava a pé. Atravessava uma praça e em dois minutos estava na escola, ou de volta de lá. Não precisava passar duas horas no carro perdendo tempo. O mais importante é que agora ele curtia a turma. Fez amigos no pouco tempo livre que tinha, porque o colégio não brincava em serviço. Nada de trabalhos em grupo! Em vez deles, muitas provas e exercícios com foco no Enem.

Só estudava ali quem se dedicava bastante para passar de ano. Contudo, a escolha da carreira foi um processo confuso e complicado. Quando estava no 1º ano do ensino médio, Gabriel colocou na cabeça que gostaria de ser médico. **Você consegue imaginar um Doutor Polado?**

Ele não tinha dúvidas, a princípio. Mas ficou intrigado quando fez o teste de aptidão e descobriu que a sua área de afinidade era... marketing.

Como é que podia? Marketing?! O que tinha a ver com a área de saúde? Pois é, nada. Ele não sabia ainda, mas, com a carreira de youtuber, essa inclinação vocacional ainda lhe seria muito útil. Marketing tem tudo a ver com conhecer bem seu público-alvo e saber se comunicar com ele de forma natural e eficaz.

A **ESCOLHA DA CARREIRA** FOI UM PROCESSO CONFUSO E COMPLICADO. QUANDO ESTAVA NO 1º ANO DO ENSINO MÉDIO, GABRIEL COLOCOU NA CABEÇA QUE GOSTARIA DE **SER MÉDICO**. NÃO TINHA DÚVIDAS SOBRE A CARREIRA QUE GOSTARIA DE EXERCER. POR ISSO, FICOU INTRIGADO QUANDO FEZ O TESTE DE APTIDÃO E DESCOBRIU QUE A SUA A ÁREA DE MAIOR AFINIDADE ERA... MARKETING.

CAPÍTULO 5

O CADEIRÃO E O CANAL

Desde pequeno, com cerca de 4 anos, Gabriel já era fissurado por jogos de computador. Todos os dias, sem exceção, reservava uma parte de seu tempo para os games, sendo que alguns deles eram jogados no PlayStation. Até hoje, ele mantém a coleção de jogos daquela época.

Ele e os amigos mantinham um esquema para que pudessem jogar o maior número possível de jogos gastando pouco: compartilhavam suas coleções uns com os outros. Mas sempre faltavam grandes lançamentos. Quando isso acontecia, Poladinho ficava muito ansioso. Pedia sempre que os pais lhe dessem de presente o jogo-sensação do momento, mesmo adiantado, sem importar com qual fosse a data festiva mais próxima.

Ele era tão novo quando se interessou por computador que Francisco precisou adaptar uma cadeira portátil sobre uma cadeira comum. Assim, o menino poderia alcançar o teclado e o mouse com um mínimo de segurança. Mas não tente repetir isso em casa sem auxílio de um adulto. Pode ser perigoso!

Nenhuma atividade deixava o menino tão concentrado (e perplexo de felicidade) como nos instantes em que estava jogando. Era como se ele se desligasse de tudo e entrasse em outro mundo.

Mas Gabriel não era mimado com tecnologia. “Eu sempre tinha um console da geração anterior”, lembra. “Tinha que sair o PlayStation 3 para eu ganhar o 2 porque assim ficava mais barato.”

Os pais do menino não poderiam imaginar que, uma década depois, ele ia angariar tantos fãs – e uma carreira – a partir desse lazer. Que sorte que eles deixaram Poladinho brincar no computador. E que sorte maior ainda ele não ter caído da cadeira.

TOP 10
GAMES DO POLADO

1. Half-Life 1 (PC)
2. The Elder Scrolls V: Skyrim (PC)
3. Portal (PC)
4. Shadow of the Colossus (PlayStation 2)
5. BioShock Infinite (PC)
6. Mirror's Edge (PC)
7. Dishonored (PC)
8. Grand Theft Auto: San Andreas (PlayStation 2)
9. Red Dead Redemption (PlayStation 3)
10. Super Mario World (Super Nintendo)

Era difícil tirar o garoto do mundo virtual. Para comer, tomar banho ou fazer o dever, a mãe tinha que chamar várias vezes e enfrentar as súplicas desesperadas de "Por favor, só mais um pouquinho!".

Por conta própria, Gabriel começou a pesquisar sobre o funcionamento interno de um computador. Sempre foi observador, investigativo e determinado a aprender (principalmente temas relacionados a games!). Abria a máquina e mexia, sem ter certeza de que saberia botar tudo de volta no lugar. Mas sempre conseguia. E foi assim que descobriu para que servia cada peça que compunha a CPU (a sigla em inglês para Unidade Central de Processamento).

Quando acontecia qualquer problema no computador do pai, quem consertava, ou pelo menos tentava consertar, era Poladinho! Os pais ficavam incrédulos e orgulhosos ao mesmo tempo. Como podia fazer aquilo, se nunca havia tido aulas sobre manutenção de computadores? Ele só não resolvia o caso quando o problema era sério. Quanto mais velho ficava, mais horas o menino passava na frente do computador. Parecia progressão geométrica!

Quando estava no ensino médio, naquela escola bem exigente, aconteceu algo que nunca tinha acontecido antes: suas notas despencaram!

Os pais dele ficaram muito desapontados. Afinal, pagavam uma boa escola para que o filho tivesse um bom aproveitamento. Gabriel estava fascinado pela virtualidade, mas precisava encarar com mais responsabilidade o mundo real.

A mãe tentava negociar com o "Polado Teen": "Filho, pode fazer o que você gosta, mas nunca deixe os estudos de lado", dizia sempre. Foi com isso na cabeça que Gabriel foi parar numa faculdade de engenharia civil antes de se encontrar – ou se assumir de vez – como youtuber. Mas essa história você vai conhecer melhor adiante.

Naquela fase da adolescência, Gabriel tentava se engajar em atividades da "vida real". De manhã ia para a escola, à tarde tinha aulas de inglês ou algum esporte e à noite, vez ou outra, saía com amigos para festinhas. O problema é que todo fim de semana ele tinha aulões preparatórios para o Enem. Como a princípio queria medicina, o curso mais concorrido, tinha de se esforçar muito.

Era como se seu cérebro estivesse inchado, de tanto conteúdo para o vestibular. Estava Boladoful mesmo, com B. O pior é que, num dado momento, ele já tinha perdido totalmente o interesse em entrar na faculdade. Não pensava mais em cursar medicina nem nenhum outro curso.

Talvez Gabriel estivesse passando por sua primeira crise existencial. Bem, a segunda, se contar o período de isolamento e solidão dos primeiros meses em que morou no condomínio de casas, praticamente sem vizinhos. Mas, nesta segunda crise, Polado não se sentia à vontade para desabafar com os pais. Achava que poderia causar um grande desgosto.

A única coisa que salvava o dia era ficar no computador, jogando. Quando começou a se interessar por gravar e editar vídeos sobre games, Gabriel percebeu que precisava de uma nova máquina. Mas a que ele queria era cara demais e estava fora de cogitação. Até que teve uma ideia.

Como arrasava em informática e volta e meia ajudava alguém, resolveu montar um tutorial e vender no Mercado Livre. A princípio, cobrava R$ 4,00 pelo material, mas percebeu que, se baixasse o preço, seu e-book subia para o topo da lista na página de busca. Baixou para R$ 1,00 e se tornou um relativo – e gradativo – sucesso de vendas, o bastante para ir comprando peça por peça do computador de seus sonhos. Depois de alguns meses, tinha tudo de que precisava. Faltava "só" aprender a montar.

No dia 19 de abril de 2012, ele tomou uma decisão que mudaria a sua vida: **criou um canal sobre jogos no YouTube**. Na época, Gabriel não tinha grandes pretensões a respeito. Achava que sua vida de vestibulando estava muito chata e queria se divertir.

Como o login "Bolado" não estava disponível, acabou aceitando uma sugestão do sistema: "Poladofull". Consultou a mãe e ela achou o apelido divertido. Ela não sabia exatamente o que significava ter um canal de vídeos na internet. O filho não precisou explicar – queria só a opinião dela para ver se o apelido lhe caía bem. Nascia então Poladofull (com dois Ls nesse comecinho). O incremento do Mr. só veio algum tempo depois.

No dia seguinte, Gabriel publicou o primeiro vídeo do canal. O apelido o ajudaria a manter sua identidade secreta – Gabriel Tenório Dantas estava para Poladofull como Bruce Wayne estava para o Batman. Ou Clark Kent para o Super-Homem. Ou Diana Prince para a Mulher-Maravilha. Ou Peter Parker para o Homem-Aranha. Ou... **Ok, você entendeu**.

O primeiro vídeo do canal, assim como tantos outros que vieram a seguir, exibia imagens dos jogos e era narrado com a voz sintetizada do Loquendo. Isso, além de proteger o anonimato de Gabriel, também enfatizava a pegada irreverente e irônica do canal. Dava um trabalhão. Polado digitava todo o texto que criava para que fosse transformado em voz de narração. E foi toda a sua criatividade nos vídeos que acabou se revelando, anos depois, como um de seus maiores talentos.

Naquela época, Gabriel nem cogitava revelar seu rosto. Não poderia imaginar que aquela diversão o levaria tão longe. Estava ali para brincar, e talvez o grande segredo de seu sucesso tenha sido esse. Fazia os vídeos que gostaria de ver.

O primeiro a estourar, intitulado "Falhas monárquicas", era um compilado de "tropeços" tirados dos vídeos do youtuber Monark, que tinha milhões de inscritos e fazia muito sucesso naquele ano. Com a narração sintetizada, o resultado ficou ainda mais engraçado. O vídeo foi compartilhado numa comunidade de gamers e **virou um hit dentro dessa bolha**.

"De repente, tinha 800 visualizações. Mais tarde fui olhar novamente e já eram 1,2 mil", lembra-se Polado. "Fiquei felizaço!" Era mesmo muito para um garoto desconhecido de 16 anos. Não podia imaginar que, anos depois, alguns de seus vídeos ultrapassariam a marca de 15 milhões de visualizações.

Assim, Gabriel foi conquistando inscritos, organicamente. Pessoas que ele não conhecia, que nunca o tinham visto pessoalmente e que passaram a nutrir uma admiração muito grande pelo personagem que ele havia criado. Mas o personagem, bem... era ele mesmo!

Embora na época Gabriel se visse apenas como um moleque brincando com jogos, ele se sentia, ao mesmo tempo, realizado com o feedback de seus primeiros inscritos.

Outro de seus primeiros vídeos que fizeram muito sucesso foi "A dança dos gamers", um trabalho árduo de

edição. Ele usou pequenos movimentos que os apresentadores faziam diante das câmeras para simular uma coreografia coletiva. Todos adoraram a brincadeira e Polado acabou sendo divulgado pelos próprios ídolos. Ele publicava vídeos há menos de um mês quando os primeiros profissionais que trabalhavam com o YouTube entraram em contato por meio do canal, demonstrando interesse por seu conteúdo. Surgiram propostas em relação a possíveis parcerias.

Polado ficou eufórico com aquele reconhecimento (quase) instantâneo, mas os pais o orientaram a agir com cautela. Era um mundo muito novo para todos eles.

A cada vídeo que Polado publicava, brotavam mais inscritos. Havia o colégio, o Enem, e Gabriel só pensava em chegar em casa para jogar, gravar, editar e publicar suas criações.

Adriana e Francisco sempre incentivaram o filho a fazer o que o deixava feliz. Mas era preciso cuidar do futuro. Foi um período de alegria, mas, ao mesmo tempo, de certa tensão. As horas que Gabriel dedicava ao canal superavam significativamente o tempo dos estudos. E a faculdade de medicina? Será que os pais deviam proibi-lo de fazer o que mais amava?

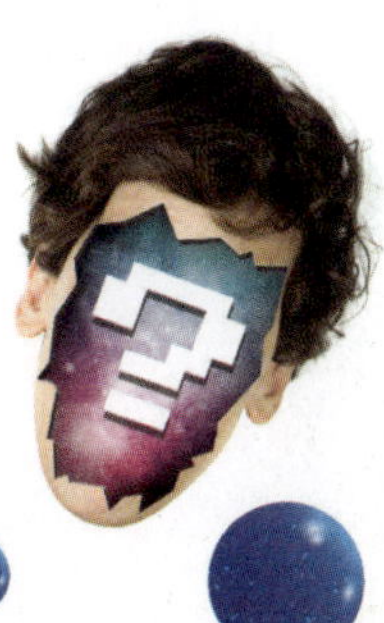

NAQUELA ÉPOCA, GABRIEL NEM COGITAVA REVELAR SEU ROSTO.

NÃO PODERIA IMAGINAR QUE AQUELA DIVERSÃO O LEVARIA TÃO LONGE. ESTAVA ALI PARA BRINCAR, E TALVEZ O GRANDE SEGREDO DE SEU SUCESSO TENHA SIDO ESSE. FAZIA OS VÍDEOS QUE GOSTARIA DE VER.

CAPÍTULO 6

A FAMA E O ANONIMATO

Um mês e meio depois que lançou o canal Poladofull, Gabriel teve problemas com a sua conta e precisou criar uma nova. Ele se tornaria MrPoladoful para a posteridade.

Alguns meses depois, o youtuber assinou contrato com uma agência norte-americana. Tratava-se da maior e mais cobiçada "network" entre todas as que trabalhavam com o YouTube. O contrato com uma grande agência funcionava como seguro, caso viesse a ocorrer um eventual processo contra Gabriel por infringir, sem querer, algum direito autoral ou de imagem. Parecia a coisa mais sensata a fazer, portanto. Foi assinado, então, um contrato de três anos, que, em contrapartida, fazia com que Polado precisasse pagar à agência uma taxa de toda rentabilidade que obtivesse com as visualizações do canal. "Foi um passo importante", ele reconhece hoje, com mais experiência e perspectiva. Naquele comecinho, contudo, Gabriel não imaginava que teria milhões de visualizações ainda durante a vigência daquele contrato.

Foi nessa fase que os pais dele começaram a entender que o hobby do filho poderia vir a se tornar uma carreira. Não imaginavam, até então, que aquele divertimento de adolescente pudesse render algum retorno financeiro.

Quando recebeu a proposta da agência norte-americana, Gabriel decidiu ter uma conversa em família, para explicar direitinho como funcionava esse mundo do qual ele já fazia parte, mas que ainda era muito novo para os velhos dele, que haviam nascido e crescido numa outra realidade, pré-internet. Os três foram almoçar em um restaurante e Gabriel explicou aos pais sobre a perspectiva de renda e sobre a tal proposta que tinha acabado de receber. Adriana e Francisco ficaram felizes com a notícia e o incentivaram a seguir em frente.

FOI ASSINADO, ENTÃO, UM CONTRATO DE TRÊS ANOS, QUE, EM CONTRAPARTIDA, FAZIA COM QUE POLADO PRECISASSE PAGAR À AGÊNCIA UMA TAXA DE TODA RENTABILIDADE QUE OBTIVESSE COM AS VISUALIZAÇÕES DO CANAL.

NAQUELE COMECINHO, CONTUDO, GABRIEL NÃO IMAGINAVA QUE TERIA MILHÕES DE VISUALIZAÇÕES AINDA DURANTE A VIGÊNCIA DAQUELE CONTRATO.

Com três meses de vídeos, aos 16 anos, Polado já recebia uma grana razoável proveniente das visualizações. Mesmo pagando uma taxa à agência, ele não precisava mais pedir nenhum tostão aos pais.

Não era muito, mas significava bastante para um adolescente. Gabriel podia comprar roupas novas, pagar seus lanches e comprar os jogos que tivesse vontade. Contudo, aquela dinâmica era meio viciante. A cada dia que passava, ele dedicava mais tempo ao canal. Ficou meio alienado do que se passava ao seu redor e no mundo.

Não tinha mais interesse em se encontrar com os amigos ou simplesmente sair para passear. Foi uma fase de isolamento. Recebia os convites, mas sempre dava alguma desculpa para não ir. Como Gabriel não aparecia nos vídeos e nem contava o que fazia, os amigos não entendiam o que estava acontecendo.

O garoto só queria se dedicar ao canal. Além de se divertir muito fazendo os vídeos, Polado se sentia estimulado com o reconhecimento dos seus inscritos, cujo número crescia cada vez mais. **Ele se tornou um ilustre desconhecido, um famoso anônimo.**

Na internet, o público ficava curioso para conhecer o criador daqueles vídeos "loucos", "sem muito nexo", mas magnetizantes. Gabriel achava aquela situação engraçada e gostava da ideia de manter sua identidade secreta. Para ele, bastava ter um espaço para expressar a sua criatividade. Suas edições ficavam cada vez mais inovadoras. Afinal, ele era o próprio chefe – tinha total liberdade artística.

Ao mesmo tempo, Polado não entendia direito como os vídeos "meio brisados" que produzia podiam agradar a tanta gente. Só tinha certeza de que aquilo era o que queria fazer sempre, mais e melhor. Passava horas e horas diante da tela, isolado em seu próprio mundinho.

Não tinha quase nenhum recurso para facilitar o seu trabalho. Usava uma luminária pequena de mesa e o computador que montou por conta própria, com uma placa de vídeo que ele achava incrível na época, mas que não tinha lá muita agilidade para projetos de vídeo. Nem microfone Gabriel tinha.

Começou a investir o dinheiro que recebia em equipamentos. Dessa maneira, com melhores condições de trabalho, poderia agilizar a produção dos vídeos. Quase ninguém sabia que era ele quem realizava tudo aquilo, mas Polado queria fazer o melhor possível.

Acabou sendo uma bela estratégia de negócio. Hoje, ele não paga nada à empresa que o agencia no que diz respeito às visualizações do canal, porque ela tem como contrapartida o prestígio e a visibilidade de ter Polado entre seus clientes.

O GAROTO SÓ QUERIA SE DEDICAR AO CANAL. ALÉM DE SE DIVERTIR FAZENDO OS VÍDEOS, POLADO SE SENTIA CADA VEZ MAIS ESTIMULADO COM O **RECONHECIMENTO** DOS SEUS INSCRITOS, QUE NÃO PARAVAM DE CRESCER. ELE SE TORNAVA UM ILUSTRE DESCONHECIDO, **UM FAMOSO ANÔNIMO.**

CAPÍTULO 7

A ENGENHARIA E O CINEMA

O fim do 3º ano do ensino médio chegou e Gabriel não sabia mais o rumo que tomaria no vestibular. **Já tinha encontrado o que queria fazer da vida**. Estava realizado com o canal: ainda jogava um bocado, mas agora com um foco – ter material para criar conteúdo para o YouTube. Ele ainda recebia um retorno crescente e entusiasmado do público e ganhava uma graninha. Era o máximo. Diploma para quê? Polado não queria mais nada...

Mas o adolescente precisava pensar nos pais, que sempre se esforçaram muito para priorizar sua educação. Proporcionaram a Gabriel acesso a um ensino de qualidade para que pudesse estudar, ter uma profissão e, consequentemente, um futuro seguro.

Nenhum dos três tinha como prever onde chegaria aquele projeto das horas vagas. Adriana e Francisco sempre incentivaram a criatividade do filho e permitiam que continuasse com o canal em plena preparação para o vestibular, mas cobraram dele que continuasse com os estudos e entrasse numa faculdade.

O fato era que, àquela altura do campeonato, já estavam todos envolvidos com o canal. Pai e mãe assistiam a todos os vídeos de Gabriel e se surpreendiam com o grande número de visualizações que ele obtinha, sendo ainda tão jovem e pouco experiente. E com tantos comentários positivos que o filho recebia de novos fãs a todo instante.

Muitas vezes, os pais nem entendiam bem o que Gabriel queria passar com seus roteiros, já que não sabiam nada sobre jogos, mas começavam a aprender, então, um pouco mais sobre o universo dos games.

A família passou a conhecer também o terrível mundo dos comentários anônimos. Ficavam preocupados, mas Gabriel já estava mais familiarizado com esse efeito colateral da internet. **A verdade é que estava ficando mesmo importante – tinha até *haters*!**

Polado sempre levou tudo numa boa. Ignorava os desaforos, simplesmente. As opiniões positivas sempre superaram as negativas em frequência e quantidade. Tinha uma cabeça boa para filtrar e relativizar, talvez porque estivesse mesmo muito feliz com o que fazia.

No começo do canal, ele procurava ler todos os comentários. Mas o volume foi ficando gigante. Críticas construtivas eram sempre bem-vindas, mas dava para largar pela metade comentários de gente que só estava ali pela polêmica.

Naquela época, Gabriel não mostrava o rosto nem a voz. Estava protegido – eis uma grande vantagem de ser um famoso anônimo. Por outro lado, não havia muita brecha para paqueras. Isso mudou no ano seguinte, quando Polado botou o rosto no mundo e ganhou uma explosão de seguidores. E seguidoras. Mas ele nunca buscou isso. "Nunca fui muito 'colírio'", brinca. "Não é o meu estilo." O foco de Gabriel sempre foi o humor, a irreverência. Mas, mesmo a contragosto dele, seu topete e seu sorriso fizeram muito sucesso na rede.

Mas ainda tinha o vestibular. Finalmente, chegou o dia de prestar as provas do Enem. No entanto, Polado nem sabia o que fazia ali. Não sabia, mas sentia que devia isso aos pais.

Como já era esperado, Gabriel não fez muitos pontos. Mesmo sem interesse em medicina naquele momento, era o único curso pelo qual havia se interessado ao longo da adolescência. Precisaria estudar mais um ano para prestar um novo concurso. Polado acabou aproveitando esse tempo para investir o máximo que pôde no seu canal. Trabalhava dia e noite... Nunca gostou de seguir roteiros rígidos. Muitas de suas criações surgiam enquanto Gabriel jogava e editava. Por isso, ele imprime tanta espontaneidade no que faz: as situações, as palavras, a emoção e os gritos, tudo sai naturalmente. Ele ficava tão envolvido com tudo aquilo que, frequentemente, nem ouvia a mãe o chamar para almoçar, jantar ou fazer qualquer outra atividade.

Adriana ficava preocupada com o filho. Afinal, como nutricionista, ela sabia da importância de um adolescente se alimentar bem e nas horas certas. Também gostaria que ele tivesse mais atividades sociais, praticasse esportes e, principalmente, estudasse mais para o Enem. Só assim obteria um melhor resultado no ano seguinte.

O tempo que Gabriel passava diante do computador preocupava a mãe em especial, que não trabalhava fora. Francisco passava o dia todo na empresa e não tinha a dimensão sobre o tempo que o filho passava editando vídeos.

No ano seguinte, com a proximidade das provas, a mãe decidiu ter uma conversa séria com Gabriel. Ele não precisava deixar de lado o que estava fazendo, mas tinha de escolher um curso e administrar melhor o tempo.

Ela argumentava que mesmo pessoas com graduação vinham enfrentando uma dificuldade tremenda por falta de emprego no país. Que chances ele teria de conquistar um bom emprego sem uma formação superior? Foi assim que o garoto decidiu cursar engenharia civil.

Seus pais ficaram aliviados com o início do novo curso. Gabriel conseguia levar as disciplinas numa boa, mas não se empolgava com os assuntos ministrados em sala de aula. Vez ou outra, ouvia comentários dos colegas sobre um tal de Mr. Poladoful que produzia conteúdo sobre jogos no YouTube. Ficava na dele...

Nessa época, atendendo aos pedidos de fãs (já eram cerca de 600 mil inscritos), Gabriel começou a colocar a própria voz em trechos de alguns vídeos. “Era uma proporção 80% Loquendo e 20% eu”, lembra. Bastou esse pouco para que as pessoas começassem a desconfiar. “Sua voz é muito idêntica, cara!”, disse um colega, referindo-se ao misterioso criador do canal. Mas ele não confirmava. “Você é o maior Spider-Man da porra, vai!”, insistia o colega, em vão.

Gabriel mantinha uma produção regular de vídeos em paralelo à faculdade. Tinha passado essa fase mais difícil de estudos e cobranças. Os pais ficaram mais tranquilos porque o filho estava na faculdade e ele desfrutava, então, de total liberdade para levar seu projeto adiante.

NESSA ÉPOCA, ATENDENDO AOS PEDIDOS DE FÃS (JÁ ERAM CERCA DE 600 MIL INSCRITOS), GABRIEL COMEÇOU A COLOCAR A PRÓPRIA VOZ EM TRECHOS DE ALGUNS VÍDEOS. "ERA UMA PROPORÇÃO 80% LOQUENDO E 20% EU", LEMBRA.

Estudava à noite. Chegava em casa por volta das 22h30, buscava um lanche na cozinha e hibernava no quarto, para jogar e editar. Passava a noite pesquisando jogos diferentes, engraçados e toscos. Fazia um barulhão madrugada adentro, com as musiquinhas repetitivas dos jogos, o timbre pomposo do Loquendo e as próprias gravações. Mas os pais estavam satisfeitos com o filho universitário e não reclamavam.

Adriana e Francisco acordavam bem cedo. Gabriel, que passava a noite diante do computador, dormia até as 11h da manhã.

No segundo semestre do curso, era como se a bateria de Polado para os estudos tivesse acabado. Todo o fim de dia saía de casa para assistir às aulas no maior desânimo. Achava que estava perdendo tempo. Horas preciosas que podia se dedicar ao que realmente o enchia de entusiasmo.

Certo dia, Gabriel aproveitou um momento de descontração em família para desabafar. Não queria parar de estudar simplesmente, mas se dedicar a algo que fizesse mais sentido para ele. Contou da vontade que vinha nutrindo de fazer um curso de cinema para se aperfeiçoar nas diversas áreas relacionadas ao seu trabalho: gravação, edição, iluminação, áudio, produção e direção.

Os pais entenderam, ainda que essa decisão significasse que Gabriel teria que deixar Maceió. Adriana incentivou o filho a pesquisar sobre os melhores cursos em São Paulo e até em outras capitais brasileiras. E foi isso que ele fez...

Começou a procurar em diversos sites e fóruns informações sobre cursos de cinema.

Pesquisava diariamente. Durante uma busca, encontrou uma reportagem sobre uma iniciativa da Met Film School, de Londres. Tratava-se de um concurso mundial, em que os interessados deveriam produzir um vídeo de um minuto. Havia duas condições principais: 1) precisava ser em inglês (benditas aulas!) e 2) tinha de ser algo cômico. Era bem a praia de Polado, portanto.

Ele ficou animado, mas, ao mesmo tempo, não acreditava no que via. Aquilo parecia a cara dele, mas muito distante de sua realidade. Gabriel ficou obcecado por aquele desafio. Era a sua grande oportunidade!

O vencedor do concurso levaria um curso completo de *filmmaking*. Contou para a mãe na cozinha de casa. Adriana deu a maior força! Disse que o filho tinha criatividade de sobra para competir. Devia produzir o seu vídeo quanto antes.

PESQUISAVA DIARIAMENTE. DURANTE UMA BUSCA, ENCONTROU UMA REPORTAGEM SOBRE UMA INICIATIVA DA MET FILM SCHOOL, DE **LONDRES.** TRATAVA-SE DE UM **CONCURSO MUNDIAL**, EM QUE OS INTERESSADOS DEVERIAM PRODUZIR UM VÍDEO DE UM MINUTO PARA COMPETIR. HAVIA DUAS CONDIÇÕES PRINCIPAIS:
1) PRECISAVA SER EM INGLÊS (BENDITAS AULAS!) E
2) TINHA DE SER ALGO ENGRAÇADO. ERA BEM A PRAIA DE POLADO.

MOVIE TICKET

CAPÍTULO 8

UM BICHO ESTRANHO E A CHEGADA DA SORTE

Um pouco antes de deixar a faculdade de engenharia civil, Gabriel compareceu a uma aula de campo. Não estava muito concentrado. Resolveu, então, que quando terminasse aquela aula passaria em um *pet shop* para escolher um animal para ser sua mascote. O tédio é um péssimo conselheiro...

Estava decidido a superar as tentativas frustradas na infância de ter um animalzinho de estimação. Quando chegou em casa, a mãe abriu a porta para o filho e se surpreendeu: "Gabriel, o que é isso?!".

Polado retirou a proteção que cobria a gaiola e mostrou a ela sua nova aquisição. Tratava-se de um porquinho-da-índia. O nome do bicho, na verdade, mais confunde do que explica – a espécie não é suína nem indiana. Trata-se de um roedor – ou seja, está mais para Stuart Little do que para Peppa Pig. Além da confusão de espécie, o nome surgiu numa época em que o continente americano era chamado arbitrariamente pelos europeus de "Índias Orientais".

Mas, ok, fiquemos com "porquinho-da-índia" mesmo porque a mascote de Polado nem chegou a ser batizada. Parecia que seria uma relação duradoura, contudo. Gabriel tinha providenciado a gaiola, o bebedouro, uma rodinha que gira para estimular o porquinho a se exercitar e o comedouro. A mãe não ficou feliz com a nova aquisição, mas aceitou. Era difícil resistir ao entusiasmo do filho.

ADRIANA ABRIU A PORTA PARA O FILHO E SE SURPREENDEU: "GABRIEL, O QUE É ISSO?!".

POLADO RETIROU A PROTEÇÃO QUE COBRIA A GAIOLA E MOSTROU A ELA SEU NOVO BICHO-MONSTRO. TRATAVA-SE DE UM PORQUINHO-DA-ÍNDIA.

Na época, a família morava em um apartamento. "Onde vai manter esse bicho?", perguntou Adriana, aflita. Polado respondeu que o porquinho (que não era exatamente isso) seria seu colega de quarto – ou de "cafofo", como costumava se referir ao recinto. Levou o bicho para lá.

Pelas duas primeiras horas, Polado ficou superempolgado com o novo amigo. Tentava interagir com ele de todas as maneiras, mas o animal não reagia às brincadeiras.

Na terceira hora, depois de inúmeras tentativas de fazer amizade, Gabriel se cansou daquela indiferença. Mas tentava compreender. Decidiu dar um tempo para o "coleguinha" se acostumar ao novo hábitat.

Mais tarde tudo vai ficar bem, ele pensou, e poderia se distrair com a companhia do bichinho. Seriam melhores amigos. Gabriel iria cuidar dos seus afazeres (jogar) e, quando retornasse, poderia observar como seria o comportamento do porquinho. Daquela vez, tinha que dar certo!

À noitinha, muito cansado, Polado caiu na cama e só levantou às 22 horas para tomar um banho e fazer um lanche. Logo que despertou, ainda meio tonto, sentiu um cheiro forte no quarto. "Oxe, que peste é isso?!"

O odor era bastante desagradável, parecia uma mistura de madeira adocicada, meio madura e podre ao mesmo tempo. Polado foi ao banheiro, lavou o rosto, abriu bem os olhos e voltou para ver que cheiro esquisito era aquele.

"Putz!", gritou, ao se dar conta de que o odor vinha da gaiola do porquinho-da-índia. O bicho havia feito xixi. A urina misturada com a serragem e a ração tinha deixado aquele cheiro. Definitivamente, aquele não era um comportamento aceitável para um novo colega de quarto.

Gabriel limpou aquela sujeira toda e passou uns quarenta minutos olhando para o porquinho, que não se mexia. Mas, sim, ele estava vivo! Só ficava paradão, feito uma estátua. Gabriel desistiu de entender por que o bicho estava tão "bolado com B" e foi finalmente tomar seu banho e comer alguma coisa.

No dia seguinte, quando Gabriel acordou, percebeu logo que o quarto estava empestado com aquele cheiro insuportável outra vez. Já levantou injuriado. Desligou o ar-condicionado, abriu a janela e foi cuidar da vida.

Depois do café, desanimado, Polado tomou coragem para encarar mais uma vez aquela apática figura que tinha levado para casa no dia anterior. Lá estava ele – inerte. Vivo, porém impassível. E fedido.

Gabriel até tentou fazer um vídeo com o roedor, mas não teve jeito. O bicho não interagiu com ele – nem com a câmera – em nenhum momento.

Gabriel chamou a mãe para que ela também pudesse contemplar aquela cena. Ou, melhor dizendo, aquela ausência total de encenação.

Polado confessou seu arrependimento por ter escolhido aquela espécie e comentou sobre os gatos persas que havia visto na loja. Adriana logo percebeu que o filho estava sondando a reação dela diante da possibilidade de uma troca.

A mãe entrou no jogo. "Você deveria ter escolhido um gato, meu filho." Pronto, estava resolvido: Polado devolveria o porquinho-da-índia e negociaria a compra de um gato.

No dia seguinte, foi tentar negociar a devolução do porquinho-da-índia. A dona da loja se recusou a aceitá-lo, mesmo de graça. Disse que não tinha onde deixá-lo. Depois de muita conversa, ela topou receber o animal de volta. Ufa!

"Menos mijo. Mais diversão." Viva!

Polado chegou em casa e tocou a campainha. A mãe abriu a porta e, dessa vez, respirou aliviada: o filho trazia consigo um gato branco de olhos azuis. Era minúsculo e lindo. Cabia na palma da mão.

Foi uma alegria só! Adriana logo quis pegá-lo no colo. O bichinho miava o tempo todo. Solto, passeou por toda a sala, observando tudo ao redor. Tentava subir no tapete e não conseguia. De vez em quando, escorregava e caía no porcelanato da sala. A casa ficou em festa – o bichinho não parava um segundo! Era o perfeito oposto do porquinho-da-índia. Mais tarde, a família se sentou para escolher um nome para o gatinho.

Gabriel sugeriu Baroeste Portgas de La Veganza, a combinação de referências e invenções mais absurda que conseguiu imaginar. Adriana sugeriu Luck, que significa sorte em inglês. Gabriel não gostou do nome. Achou meio besta, comum. Mas a mãe estava tão feliz com a ideia que o filho resolveu acatar o pedido. Acabou fazendo muito sentido: o bichinho traria mesmo muita sorte ao Polado.

POLADO CONFESSOU O ARREPENDIMENTO POR TER ESCOLHIDO UM PORQUINHO-DA-ÍNDIA E COMENTOU SOBRE OS GATOS PERSAS QUE HAVIA VISTO NO PET SHOP. SUA MÃE LOGO PERCEBEU QUE ELE ESTAVA SONDANDO A REAÇÃO DELA DIANTE DA POSSIBILIDADE DE TROCAR UM BICHO LESO POR UM ACELERADO.

UNDERGROUND

CAPÍTULO 9

O #METCOMEDY-CHALLENGE E O CELULAR PARA O ALTO

Polado estava quebrando a cabeça sobre qual vídeo faria para o concurso da Met Film School. Embora tenha sempre sido adepto da metodologia do "criar fazendo", aquela era uma ocasião especial. Resolveu, então, anotar em um papel o que pretendia fazer. Era a primeira vez que tinha um roteiro propriamente dito...

Faltava apenas um dia para encerrar o prazo do concurso. Gabriel trabalhou direto, dia e noite. Estava até meio zonzo quando publicou o resultado e enviou sua candidatura oficialmente.

No dia seguinte, recebeu um e-mail com duas ótimas notícias: 1) seu vídeo tinha sido selecionado e 2) Polado estava sendo convidado para a cerimônia de premiação, em Londres. L O N D R E S!

Os pais ficaram extasiados, mas não sabiam direito o que fazer.

O e-mail informava que Gabriel teria a oportunidade de ver seu vídeo exibido em tela grande durante o evento. E poderia conhecer profissionais renomados que atuavam na área dos seus sonhos, a comédia. Além do contato com os outros finalistas, seria um momento importante para interagir com comediantes consagrados do Reino Unido.

Dos trabalhos selecionados, apenas o primeiro lugar teria direito a uma bolsa de estudos, no valor de um voucher de 10 mil libras para um curso intensivo de cinema na Met Film School.

Havia um detalhe importante, no entanto. A família Dantas/Polado teria que bancar todo o custo da viagem, sem nenhuma garantia do resultado.

Outro "probleminha" era que Gabriel não tinha nem passaporte, já que nunca havia viajado para o exterior.

Quando a mãe voltou a si do susto que havia tomado, disse cheia de orgulho: "Você vai, meu filho". Ela ainda não sabia como, mas dariam um jeito.

Em um dia, os Polados reuniram todos os documentos necessários e foram à Polícia Federal. Foi uma corrida contra o tempo – a cerimônia aconteceria apenas quatro dias depois que Polado recebeu o e-mail do concurso. Chegando lá, a família explicou a situação aos funcionários e descobriu que havia uma única solução para o caso de Gabriel; um passaporte de emergência.

Eles tinham levado uma cópia do e-mail que Polado havia recebido da Met Film School, mas estava em inglês.

Eles voltaram para casa e o próprio Gabriel fez a tradução do texto (de novo, benditas aulas de inglês!). Quando retornaram à Polícia Federal o expediente já estava encerrado!

No dia seguinte, ufa, eles conseguiram resolver a questão do passaporte. No dia 20 de abril de 2015, dois dias depois da notificação, lá estava Gabriel, partindo para Londres sem imaginar o que estava por vir. Aquela viagem mudaria o rumo da sua vida.

Embarcou para a Europa no mesmo dia em que completava 19 anos. Apesar de muito novo, Polado sabia muito bem o que queria da vida. E não era medicina nem engenharia civil.

Chegou o dia da cerimônia: 22 de abril. Foi o dia mais importante de sua vida até então. Talvez, até hoje. Polado chegou ao local do evento cerca de uma hora antes do previsto. Encontrou algumas pessoas igualmente ansiosas no salão, já aguardando o início da cerimônia.

GABRIEL PARTIU RUMO A LONDRES NO MESMO DIA EM QUE COMPLETAVA 19 ANOS. APESAR DE MUITO NOVO, SABIA MUITO BEM O QUE QUERIA DA VIDA. E NÃO ERA NEM MEDICINA NEM ENGENHARIA CIVIL.

Só então percebeu que era o único ali que havia produzido seu vídeo sozinho. Todos os outros participantes vinham acompanhados de parceiros de produção. Tinham equipes.

Finalmente, começou o evento. Foi feita uma rápida apresentação do concurso e dos jurados. Em seguida, já começaram a reproduzir os vídeos concorrentes na telona. *É engraçado ver a carinha do Luck projetada a 7,6 mil quilômetros de casa*, pensava. O gatinho foi muito aplaudido! Cada exibição era sucedida por uma sessão de comentários e críticas, do mesmo jeito que acontece em *realities* como o *American Idol*.

Os comentários sobre o trabalho de Polado foram muito animadores e elogiosos, mas ele tentava conter suas expectativas. Na hora que anunciaram que ele havia levado o prêmio, Gabriel ficou eufórico. "Caralho!"

Ele correu para o palco para receber os cumprimentos dos jurados. Estava filmando tudo com o celular até então, mas, na hora do anúncio, ficou tão doido de felicidade que deu um grito e jogou o aparelho longe. Depois de receber o prêmio, Gabriel foi convidado para voltar à Met Film School no dia seguinte para conhecer os departamentos, receber algumas instruções e assistir a alguns trabalhos finais (curtas-metragens) da turma que estava em conclusão de curso.

Mas faria isso no dia seguinte. Ainda estava trêmulo de adrenalina e precisava avisar os pais. Enviou um WhatsApp para a família com uma foto do voucher de 10 mil libras e um áudio contando tudo.

Os pais, no Brasil, ficaram boquiabertos. A ansiedade, a correria e todos os gastos envolvidos, tudo havia valido a pena! Queriam que Gabriel voltasse logo para comemorar em família. Quando terminou o evento, Polado foi para o hotel. Percebeu que estava morto de fome e de sede. Comeu sozinho no restaurante do térreo e... foi dormir. "Hoje eu teria saído para comemorar, mas era muito menino!", lembra. Ainda não estava acostumado com o sucesso e se sentia exausto depois de tanta emoção.

No dia seguinte, foi à Met Film School fazer o tour a que tinha direito. Conheceu alguns de seus futuros professores. Ainda não tinha processado aquilo tudo e era difícil acreditar no que acontecia.

Soube então que a instituição é a única escola de cinema no Reino Unido instalada dentro de um estúdio cinematográfico, o Ealing Studios. Ali, foram realizadas produções como A Dama de Ferro, Star Wars: Episódio II – Ataque dos Clones, Príncipe da Pérsia – As Areias do Tempo, Um Lugar chamado Notting Hill e a série Downton Abbey, entre outros sucessos.

Naquela mesma visita, Gabriel foi informado sobre os turnos e a duração do curso – seis meses. Mas havia um detalhe importante: o prêmio cobria as mensalidades da formação, não os custos com moradia, transporte e alimentação. Sem falar nas passagens... Polado decidiu que pensaria nisso depois.

O retorno ao Brasil estava marcado para o dia 27. Aproveitou os dias livres para conhecer alguns pontos turísticos. Aprendeu a usar o metrô e andou por boa parte de Londres. Se pretendia passar um semestre ali, tinha de conquistar essa independência.

Esteve na London Eye (uma roda-gigante de observação, também conhecida como Millennium Wheel), na Torre de Londres (um castelo histórico fundado às margens do Rio Tâmisa para ser inicialmente uma fortificação e residência da monarquia), na Tower Bridge (uma ponte báscula construída sobre o rio Tâmisa), no Big Ben (o sino do palácio de Westminster), na Oxford Street (uma importante avenida na área de Westminster com mais de 300 lojas, sendo considerada a rua comercial mais movimentada de toda a Europa), na Piccadilly Circus (uma famosa praça de Londres onde se encontram inúmeros painéis publicitários gigantes e onde está instalada a estátua de Eros, um anjo construído totalmente de alumínio) e, finalmente, no The Sherlock Holmes Museum (uma casa-museu dedicada ao famoso personagem literário e a seu criador, o escritor Arthur Conan Doyle). Mesmo que não conseguisse voltar, a viagem já teria valido a pena.

QUANDO TERMINOU O EVENTO, POLADO VOLTOU PARA O HOTEL. PERCEBEU QUE ESTAVA MORTO DE FOME E DE SEDE. COMEU SOZINHO NO RESTAURANTE DO TÉRREO E... FOI DORMIR. "MANO VOCÊ QUERIA O QUE?

EU JÁ NÃO TINHA MUITOS AMIGOS NO BRASIL, IMAGINE NA GRINGA. E OUTRA, EU ERA MENOR DE IDADE E A COMEMORAÇÃO SÓ PODIA SER REGADA A SUCO EM PÓ E NA COMPANHIA DOS POMBOS, QUE POUSAVAM NA JANELA DO HOTEL CARREGADOS DE "COCÔ" PARA DECORAR A FESTA.

MR POLADOFUL

CAPÍTULO 10

SÃO PAULO E A CARA A TAPA

No dia 27 de abril de 2015, Gabriel embarcou no voo de volta para o Brasil. Ainda estava atordoado com tudo o que tinha acontecido. Chegou ao Aeroporto Internacional de Guarulhos por volta das 6h da manhã, mas só partiria para Maceió às 13h.

Ainda em Londres, Gabriel havia tomado a importante decisão de revelar sua identidade ao público do canal. Tinha percebido que tudo seria diferente a partir dali. Estava muito feliz em ser quem era e não via mais motivos para se manter no anonimato. "Achava que era um bom momento e que valia o risco. Mas, se não desse certo, eu teria que começar um novo projeto do zero", lembra. Já tinha alcançado um número significativo de inscritos, mais de 600 mil, mas ia morar fora do país por um tempo, viver muitas experiências novas que adoraria compartilhar. Sem falar no aprendizado que geraria vídeos cada vez mais incríveis e diferentes. Era um momento de correr riscos, experimentar. A voz e o sotaque, o público já conhecia bem. Agora, Polado daria a cara a tapa: teria um rosto na internet.

Além disso, a maioria dos seguidores que comentavam seus vídeos pedia para que seu rosto fosse revelado. É claro que também havia inscritos que preferiam que Polado mantivesse o mistério. Gostavam de torturar a própria curiosidade, imaginando por conta própria quem seria, na "vida real", a figura impagável por trás daqueles vídeos. No mundo do entretenimento, esse jogo de esconde sempre fez muito sucesso. Na série *The Big Bang Theory*, a Senhora Wolowitz, mãe do Howard, nunca apareceu – o público só a ouve gritar com o filho. O filho do demônio em *O Bebê de Rosemary* também não aparece direito – e talvez isso o deixe ainda mais aterrorizante. O "vizinho pelado" de *Friends* é outro nunca mostrado completamente – ok, isso poderia atrapalhar a classificação etária, mas o fato é que nem o rosto dele chegou a ser exibido. A Senhorita Belo, de *As Meninas Superpoderosas*, também só aparece do pescoço para baixo, com a exceção do episódio comemorativo de 10 anos do desenho, em que parte de seu rosto (a boca e um olho) aparece por um instante. Polado, que também tinha muito que comemorar naquela fase, estava decidido: gravaria um vídeo para dividir aquele momento feliz pelo qual estava passando, com o rosto – e o sorriso – à mostra.

AINDA EM LONDRES, GABRIEL HAVIA TOMADO A DECISÃO DE REVELAR SUA IDENTIDADE AO PÚBLICO DO CANAL. TINHA PERCEBIDO QUE TUDO SERIA DIFERENTE A PARTIR DALI. ESTAVA MUITO FELIZ EM SER QUEM ERA E NÃO VIA MAIS MOTIVOS PARA SE ESCONDER.

"ACHAVA QUE ERA UM BOM MOMENTO E QUE VALIA O RISCO. MAS, SE NÃO DESSE CERTO, EU TERIA QUE COMEÇAR UM NOVO PROJETO DO ZERO!"

Ele tinha acabado de chegar ao Brasil e ainda estava a milhares de quilômetros de casa. Como ficaria de "braços cruzados" por algumas horas no aeroporto, Polado tinha entrado em contato com dois amigos youtubers que já faziam parte de seu cotidiano on-line mas que nunca havia visto pessoalmente.

Um deles era Guilherme Coelho, do canal *Matei Formiga*, e o outro, Thiago Alves, do canal *Terror Bionic*. Eles já trocavam mensagens fazia um bom tempo, mas nenhum dos dois conhecia a identidade do Gabriel.

Os amigos virtuais toparam ir até Guarulhos para conhecer Polado pessoalmente e saber, enfim, como ele era. Os três se encontraram no horário marcado e o papo fluiu muito bem. Eram colegas de profissão, afinal. Não bastasse esse trio de jovens hilários, agora em carne e osso, eis que aparece mais um youtuber. Por coincidência, Guilherme Hoffmann, do canal *Funky Black Cat*, também estava no aeroporto! Foi uma farra... Será que Polado voltaria mesmo para Maceió?

Coelho e Terror dividiam apartamento na época e convidaram Gabriel para ficar em São Paulo por alguns dias. Havia uma excelente justificativa (ou desculpa): estavam às vésperas de um evento de games, o XMA.

Polado ligou na hora para a mãe. Não era uma situação fácil. A família estava com os balões cheios para a comemoração. Adriana e Francisco queriam muito dar um abraço no filhote, que nunca tinha realizado uma conquista tão grande nem ido para um lugar tão distante antes. Gabriel explicou aos pais que gostaria de ficar uns dias em São Paulo porque teria a oportunidade de conhecer vários outros youtubers no evento. Mais uma vez, os pais priorizaram as necessidades do filho. Com um aperto no coração, consentiram que Gabriel alterasse o voo e permanecesse por alguns dias em São Paulo antes de seguir para Maceió. Ficaram um pouco "bolados com B", mas entenderam.

O dia do evento chegou. Gabriel, Coelho, Terror e Caneda foram juntos para confraternizar com muitos outros youtubers. Numa mesma tarde, Polado conheceu Felipe Castanhari, Cellbit, Julio Cocielo, entre tantos outros. Gabriel estava feliz por estar entre feras da internet. E finalmente era reconhecido, porque publicou um pouco antes desse evento o aguardado vídeo em que mostrava o rosto! Era uma celebridade, enfim. Nunca mais seria um famoso anônimo...

O canal estourou com esse vídeo de celebração. Foi muito comentado e compartilhado. Gabriel ganhou milhares de seguidores de uma hora para outra. E era só o começo.

Funckyblackcat
Terror games bionic
Mrpoladoful
Mateiformiga

POLADO LIGOU PARA A MÃE. NÃO ERA UMA SITUAÇÃO FÁCIL. A FAMÍLIA ESTAVA COM OS BALÕES CHEIOS PARA A COMEMORAÇÃO, ADRIANA E FRANCISCO QUERIAM MUITO DAR UM ABRAÇO NO FILHOTE, QUE NUNCA TINHA REALIZADO UMA CONQUISTA TÃO GRANDE NEM IDO PARA UM LUGAR TÃO DISTANTE ANTES. GABRIEL EXPLICOU AOS PAIS QUE GOSTARIA DE FICAR UNS DIAS EM SÃO PAULO PORQUE TERIA A OPORTUNIDADE DE CONHECER VÁRIOS OUTROS YOUTUBERS NO EVENTO E DE LAMBUJA, ELE RECEBEU UMA PULSEIRA DE ACESSO, QUE FICOU DURA, DE TANTO TEMPO QUE USOU COMO UM "TROFÉU" PARA COMEMORAR AQUELE ENCONTRO. OS PAIS PRIORIZARAM AS NECESSIDADES DO FILHO.

MR POLADOFUL

CAPÍTULO 11

OS TRAILERS LITERAIS E O TEATRO HISTÓRICO

Gabriel foi recebido com festa em Maceió. A paradinha em São Paulo foi esticada em uma semana, e ele ainda não havia tido a oportunidade de comemorar com os pais o prêmio que tinha ganhado em Londres. Eles estavam muito orgulhosos e, ao mesmo tempo, ansiosos com as providências necessárias para o semestre de estudos na Met Film School.

O canal estava crescendo cada dia mais e a repercussão sobre o concurso de Londres foi bastante positiva. Polado começou a dar entrevistas para a imprensa nos jornais, na TV e, claro, na internet. Combinou uma noite de pizza com amigos da escola os quais já não via há muuuitos anos. Entre eles, o famoso João Neto.

Nas semanas seguintes, Polado recebeu convites para eventos e shows de games e animes em todo o Brasil. Entrava e saía do avião a toda hora. Vale lembrar que ele adora viajar, mas morre de medo de voar. É assim até hoje – nunca ficou banal. Mas ele vai com medo mesmo.

Apesar da agenda movimentada, Gabriel se organizava para ter tempo de jogar, produzir e editar vídeos para o canal. Cresceu muito o faturamento com as visualizações no YouTube – Apesar de ter que pagar uma taxa sobre o que recebia, Polado já podia realizar alguns de seus sonhos.

"Mostrar o meu rosto foi uma excelente decisão. Aconteceu no momento certo." Polado não teria como conceder tantas entrevistas se não tivesse bancado essa exposição. Começava a entender o seu feito: tinha conseguido realizar um vídeo de candidatura de um minuto, que contava uma história, com começo, meio, fim e muito humor. Não era uma incumbência fácil! Com o curta estrelado pelo gatinho Luck, Gabriel mostrava ao mundo que tinha mais talento e determinação do que apenas sorte. Venceu comediantes mais experientes de diversas partes do mundo. Começava a colher os frutos dessa realização.

GABRIEL PASSOU A RECEBER CONVITES PARA EVENTOS E SHOWS DE GAMES E ANIMES EM TODO O BRASIL. VIAJAVA PRATICAMENTE TODA SEMANA. VALE LEMBRAR QUE ELE ADORA VIAJAR, MAS MORRE DE MEDO DE VOAR. É ASSIM ATÉ HOJE – NUNCA FICOU BANAL. MAS ELE SEMPRE VAI. VOA COM MEDO MESMO.

Polado se sentia autoconfiante, inspirado e inquieto. Queria criar novos vídeos sensacionais, aprender sobre cinema, conquistar o mundo.

E faria isso trazendo alegria para os espectadores do canal. Tinha muito orgulho de ser o "palhaço" que era. Trazia leveza para a vida das pessoas. Fazia com que esquecessem por alguns instantes seus problemas diários, seus conflitos existenciais, a dureza da vida. Proporcionava momentos de alívio e esperança.

Gabriel queria fazer isso cada vez melhor. Desejava inovar, quebrar padrões, instigar o outro e acabar com preconceitos.

Começou a produzir também vídeos divertidos sobre o cotidiano. Entendia que, ao mostrar quem era e o que fazia, poderia interagir mais com seus seguidores, ávidos por informações e curiosidades sobre os seus interesses e a sua vida pessoal.

Estava ali de cara limpa, dizendo o que gostava de fazer, mostrando o que tinha visto em Londres, tocando violão e contando sobre seus dias.

No primeiro vídeo do tipo, aquele em que mostrava o rosto pela primeira vez, Gabriel aparecia com duas pulseiras de identificação do XMA, o evento de games. Aquele havia sido o primeiro evento ao qual compareceu sem omitir quem era. Aquelas pulseiras representavam o orgulho imenso que sentia por fazer parte de uma comunidade em que sempre desejou estar.

Carregou os "acessórios" no pulso até eles se desfazerem, desbotados e surrados pelo tempo. No dia 22 de maio de 2015, Polado introduziu uma novidade no canal: seu primeiro trailer literal. Essas paródias musicais virariam uma de suas mais importantes marcas pessoais.

Produzir esses trailers não é nada fácil. Imagine você dentro de um jogo, buscando situações que formem um enredo para depois conciliar essa história a uma melodia específica. Hoje, ao buscar "trailer literal" no Google, você vai ver criações de Polado entre as primeiras da listagem. Fenômenos criativos como "Witcher 3", "Fallout 4", "Peitos" e "Game of War".

Gabriel sempre foi muito exigente com a qualidade de seu trabalho. Passava noites em claro experimentando as melhores rimas, as soluções mais inventivas e a edição mais irreverente para suas paródias. Só se permitia dormir quando se sentia realmente satisfeito com o resultado.

Foi com esse empenho que ele conquistou o respeito de seus seguidores. Se algo não fica exatamente como gostaria que ficasse, Polado prefere não publicar. Mais do que manter uma frequência regular, sua prioridade é assegurar a qualidade dos vídeos do canal.

Antes de voltar para Londres, Gabriel decidiu fazer um encontro de despedida para reunir a família, os amigos e os seguidores de Maceió.

No dia 16 de outubro de 2015, estreou como comediante de stand-up no Teatro Deodoro, uma casa de espetáculos muito tradicional na cidade, fundada em 1910. Os amigos youtubers alertaram Polado para que manejasse suas expectativas. Ele apenas começava a fazer sucesso e muitos deles tinham passado por constrangimentos em eventos vazios. Nem sempre os fenômenos da internet conseguem repetir fora dela o mesmo sucesso que fazem na rede.

Aos 20 anos de idade, Gabriel se apresentava num prédio com mais de um século de história, uma das instituições de cultura mais importantes do estado de Alagoas. Era um público risonho, empolgado e participativo. O teatro, com capacidade para 690 pessoas, ficou completamente lotado.

POLADO SEMPRE FOI MUITO EXIGENTE COM A QUALIDADE DO QUE FAZIA. PASSAVA NOITES EM CLARO EXPERIMENTANDO AS MELHORES RIMAS, AS SOLUÇÕES MAIS INVENTIVAS E A EDIÇÃO MAIS IRREVERENTE PARA SUAS MÚSICAS. SÓ SE PERMITIA DORMIR QUANDO SE SENTIA REALMENTE SATISFEITO COM O RESULTADO.

CAPÍTULO 12

O MEGADESAFIO E O MINIAPARTAMENTO

O curso de cinema começou em novembro de 2015. Polado teve, portanto, seis meses para se organizar. Tempo similar ao que passaria em Londres durante essa experiência incrível. Mas precisou ralar muito antes dessa nova e imprevisível jornada.

A bolsa que ele tinha ganhado no concurso bancava exatamente o valor das mensalidades do curso da Met Film School. Todos os demais gastos ficariam por conta e risco da família Polado, que tinha acabado de arcar às pressas com as despesas da viagem de Gabriel para a premiação. Antes que o filho conquistasse essa oportunidade, Adriana e Francisco também já tinham se comprometido com uma sonhada viagem de férias pela Europa. Não podiam prever que o filho conquistaria uma oportunidade imperdível no mesmo continente – muito menos as despesas relacionadas a esse êxito.

Em 2015, o Brasil já estava passando pela crise político-econômica que culminaria com a queda da presidente Dilma Rousseff no ano seguinte. Nesse contexto, o câmbio permaneceria instável por muito tempo ainda. No mês que Polado voltaria ao Reino Unido para estudar, o valor de uma libra oscilava entre R$ 6,20 e um pouco mais do que R$ 7,00.

Gabriel nunca foi mimado, mas tinha levado uma vida segura e confortável até então. Era o único filho de uma família de classe média. Além de muito amor, sempre teve acesso aos recursos disponíveis para o seu desenvolvimento físico, emocional e intelectual. Ele praticamente nunca havia passado por um perrengue na vida.

Polado sempre teve consciência de que todos os privilégios de que desfrutava eram resultado do esforço dos pais. Nunca foi de abusar. Não ligava para grifes – vestia-se com o que encontrava por bons preços em lojas de departamentos, sem ter nenhum problema com isso. E, como seu hobby virou trabalho muito cedo, tinha muita consciência do valor do dinheiro, do tempo e do suor investidos para obter alguns trocados no fim do mês. Não cobrava dos pais o que não podiam dar. Desde criança, foi educado para manter os pés no chão e a cabeça na realidade.

A verdade era que, por mais que desejassem, os pais de Gabriel não teriam condições de mantê-lo na Europa durante os seis meses de curso. Seria um semestre inteiro de moradia, alimentação, transporte e demais despesas, tudo em libras! Ao mesmo tempo, Polado não poderia abrir mão daquele sonho. Tinha, então, um desafio enorme diante de si: a responsabilidade de juntar em pouquíssimo tempo a grana necessária para a sua realização pessoal e profissional. Seriam seis meses de muito esforço e sacrifício no Brasil para garantir outros seis meses de muito esforço e sacrifício – mas muito aprendizado – na Inglaterra.

GABRIEL SEMPRE TEVE CONSCIÊNCIA DE QUE TODOS OS PRIVILÉGIOS DE QUE DESFRUTAVA ERA RESULTADO DO ESFORÇO DOS PAIS. NUNCA FOI DE ABUSAR.

NÃO LIGAVA PARA GRIFES – VESTIA-SE COM O QUE ENCONTRAVA POR BONS PREÇOS EM LOJAS DE DEPARTAMENTOS, SEM TER NENHUM PROBLEMA COM ISSO. E, COMO SEU HOBBY VIROU TRABALHO MUITO CEDO, TINHA MUITA CONSCIÊNCIA DO VALOR DO DINHEIRO, DO TEMPO E DO SUOR INVESTIDOS PARA OBTER ALGUNS TROCADOS NO FIM DO MÊS.

Por causa do seu jeito moleque e irreverente, muita gente que conhecia o adolescente não enxergava em Polado o foco e a determinação necessários para aquela empreitada. Mas ele sempre trabalhou bastante para alcançar seus objetivos, como na época em que consertou computadores da vizinhança e vendeu tutoriais na internet para comprar uma máquina boa o bastante para editar os primeiros vídeos do canal. Ele já havia demonstrado que tinha força interior, mas precisava se superar dessa vez. E o prazo corria...

Gabriel só voltaria para Londres caso pudesse, de fato, arcar com todas as despesas envolvidas: as passagens, o seguro de saúde, a estada, a alimentação e o transporte do dia a dia, entre outros custos fixos e eventuais. Estaria por conta própria num país estrangeiro – não se colocaria numa situação de precariedade e risco. Então, Gabriel trabalhou duro. Produziu dezenas de vídeos, aproveitando o boom de novos inscritos no canal. Viajou bastante para participar de eventos. Dormia pouco para caprichar nas edições. Até que conseguiu juntar o bastante para viajar com o mínimo de segurança, desde que continuasse a produzir em Londres. Precisava manter o fluxo de remuneração com a visualização de seus vídeos. Não poderia interromper o trabalho durante os seis meses de curso. Para isso, teria de se organizar, estruturar um sistema: gravaria aos finais de tarde, depois das aulas, e editaria o material bruto à noite; estudaria para o curso antes de dormir; faria os trabalhos acadêmicos no fim de semana.

Finalmente, chegou o dia de partir. Gabriel estava de malas prontas, ansioso para experimentar essa nova fase da vida. A partir daquele momento, seria responsável pelas próprias ações. Um adulto – ou quase! Estaria bem longe da família e em um lugar completamente diferente.

Ainda do Brasil, alugou um flat próximo à Met Film School. Com isso, poderia ir a pé para as aulas e economizaria uma boa grana com o transporte. Do apartamentinho à escola de cinema, caminharia cerca de vinte minutos.

Sentiu um frio na barriga na hora de decolar. O medo de voar se somava à ansiedade natural de um jovem que partia para a sua primeira longa temporada longe do conforto de casa e da proteção da família. Ao mesmo tempo, Gabriel mal podia esperar. Queria arrumar as próprias coisas no flat, do seu jeito, enfrentar os perrengues que surgissem na nova rotina, aprender com os próprios erros, amadurecer. Era muita ansiedade: estava prestes a conhecer o homem que seria.

Quando desembarcou em Londres, Polado levou um baita susto: o pai e a mãe o esperavam no aeroporto! Como assim?! Aquele não era o momento dele? Os pais tinham "escapado" da excursão pela Europa para fazer companhia ao filho por alguns dias. Gabriel ficou aflito... Por mais que amasse a família, nem tinha dado tempo de a saudade bater. "Eu só queria a minha independência, caralho!", lembra hoje, rindo da própria decepção naquele momento.

Os três foram juntos para o flat. Gabriel ficou satisfeito com o cafofo, mas parecia muito maior nas fotos! E era obviamente um espaço destinado a uma única pessoa. O que faria com dois hóspedes? Bem, pensaria nisso depois. Adriana e Francisco arrumaram tudo praticamente sozinhos. O lugar era micro, mas tinha tudo de que Polado precisava. Havia cama, armários, mesa para computador, cadeira e um banheiro beeeeem pequeno, mas completo.

A cozinha ficava numa área comum, ou seja, era de uso coletivo. Cada inquilino teria direito a um espaço no armário e a um frigobar de uso individual.

A mesa, o fogão e o micro-ondas também eram de uso coletivo. Gabriel, que nunca teve irmãos, precisaria dividir muita coisa com estranhos. Mas estava muito animado com aquela vida nova. E mesmo a perspectiva de mudanças lhe parecia naquele momento uma oportunidade de experimentar e aprender. Estava pronto para o que viesse (mesmo que faxinas estivessem inclusas nesse porvir). No térreo, ficava uma área de serviço, com uma máquina de lavar roupas e um aspirador de pó.

Logo que chegou ao flat, Polado recebeu uma lista com as regras de convivência do lugar. O flat era todo coberto com alcatifa, um revestimento acarpetado muito vulnerável a incêndios. Havia cartazes por toda parte com cuidados e as medidas a serem tomadas em caso de emergência. Teeeenso! Mas Polado seria cuidadoso. Estava bem instalado e próximo a lojas de conveniência, fast-foods, shopping e metrô...

Os primeiros dias foram bem desconfortáveis. Os pais ocuparam a cama do filho por duas noites e Gabriel teve de se enfiar num saco de dormir. "Entendi por que esse é um recurso de acampamento – requer um gramado por baixo!", conta ele, que teve de se ajeitar no chão duro mesmo. Polado ficou todo dolorido, mas sabia que a situação era provisória. Os velhos só queriam ajudar...

Até deu um aperto no coração quando os pais se foram. Tinham ainda um pedaço das férias para curtir e sabiam que era hora de o filho prosseguir sozinho. Tinham consciência de que ele havia conquistado uma oportunidade incrível e rara. Seus pais estavam orgulhosos com a conquista do filho, que a partir daquele momento sairia da zona de conforto para ganhar o mundo afora.

GABRIEL, QUE NUNCA TEVE IRMÃOS, TINHA QUE DIVIDIR MUITA COISA COM ESTRANHOS. MAS ESTAVA MUITO ANIMADO COM AQUELA VIDA INDEPENDENTE. MESMO A PERSPECTIVA DE MUDANÇAS LHE PARECIA NAQUELE MOMENTO UMA OPORTUNIDADE DE EXPERIMENTAR E APRENDER. **ESTAVA NA VIDA REAL**, LONGE DA PROTEÇÃO DOS PAIS, PRONTO PARA ENFRENTAR O QUE VIESSE.

CAPÍTULO 13

O CURSO E A MONTANHA

O curso da Met Film School foi incrível. O currículo incluía tudo de que Gabriel precisava aprender ou desenvolver para deixar seu canal cada vez melhor. Havia uma disciplina para cada vertente de seu trabalho: captação de imagens, iluminação, áudio, produção, roteiro, edição e direção. Era uma dinâmica muito diferente da escola e mesmo da faculdade de engenharia: basicamente, todo conteúdo teórico era também colocado em prática. Pela primeira vez na vida, Polado tinha acesso a estúdios profissionais e equipamentos de ponta, além de manter contato diário com jovens de outros países que tinham interesses profissionais – e sonhos – muito parecidos com os seus. Eram jovens que, como ele, não se encaixavam num estilo de vida convencional e que tiveram coragem de romper com as expectativas da família e da sociedade em busca de uma vida com mais sentido, imaginação e autenticidade.

Gabriel, que até então sempre fora uma equipe de um garoto só, percebia que a arte do cinema na verdade abarca um organograma imeeeenso. No mercado de trabalho, uma produção audiovisual costuma envolver a colaboração de muita gente, cada um com uma função específica e essencial para que o projeto seja bem-sucedido.

Até de ator Polado brincou durante o curso. E também produziu, operou câmera, roteirizou, dirigiu, atuou como técnico de som e finalizador de imagens. Ah, também fez trabalhos de computação gráfica. Alguns anos depois, fechou um contrato com uma produtora para produzir seu próprio programa de TV no canal por assinatura Multishow, da GloboSat. Trabalharia com uma equipe gigante e saberia valorizar o papel de cada um. "E pensar que tem convidado que se atrasa ou falta, deixando essa multidão na mão!", surpreende-se ele hoje. Polado tenta ser o mais profissional possível em tudo o que faz. "Muita gente acaba se queimando no mercado por bobeira."

As aulas e atividades da Met Film School eram ministradas em período integral. Gabriel vivia em estado de fluxo. O tempo passava muito rapidamente e 24 horas não pareciam suficientes para tudo o que precisava fazer.

Saía correndo do curso no fim do dia para chegar em casa a tempo de aproveitar a luz solar. Gravava perto da janela. "As imagens do começo sempre ficavam mais claras do que as do final porque ia anoitecendo", lembra. Pois é, Polado só tinha dois equipamentos de iluminação naquela época: uma luminária vagabunda e o Sol. À noite, ele editava o que havia produzido com o maior carinho. Precisava, naquela fase mais do que nunca, garantir o próprio sustento – em libras! Fora o curso que havia sido um prêmio, a sua manutenção em Londres dependia exclusivamente das visualizações de seus posts no YouTube.

SAÍA CORRENDO DO CURSO NO FIM DO DIA PARA CHEGAR EM CASA A TEMPO DE APROVEITAR A LUZ SOLAR. GRAVAVA PERTO DA JANELA. "AS IMAGENS DO COMEÇO SEMPRE FICAVAM MAIS CLARAS DO QUE AS DO FINAL PORQUE IA ANOITECENDO", LEMBRA. POIS É, POLADO SÓ TINHA DOIS EQUIPAMENTOS DE ILUMINAÇÃO NAQUELA ÉPOCA: UMA LUMINÁRIA VAGABUNDA E O SOL.

Gabriel passou inúmeras noites praticamente em claro. Quando já estava amanhecendo, desmaiava anestesiado de sono e cansaço. Sobreviveu várias vezes com breves cochilos antes de levantar para seguir em frente.

Era cobrado por seus inscritos a postar vídeos com uma frequência ainda maior. Mas, como fazia tudo sozinho e tinha um fraco por edições complexas, cada produção tomava muitas horas, às vezes dias, para ser finalizada. E ele sempre preferia não publicar algo que não considerava bom o bastante.

As aulas ocorriam de segunda a sexta, e Polado aproveitava os "dias livres" para arrumar o quarto, fazer compras para abastecer a despensa, cuidar da roupa, fazer trabalhos do curso e, claro, editar vídeos. Mas ele também encontrava um tempinho para sair com os amigos e se divertir.

Na Met Film School havia colegas de várias nacionalidades: britânicos, italianos, portugueses, chineses, indianos e brasileiros como ele. Era como se cursasse também uma disciplina informal de multiculturalismo.

Polado fez vários passeios turísticos com essa turma das "Nações Unidas". Um dos lugares que mais amou conhecer foi, sem dúvida, o YouTube Space. Fez sua inscrição on-line para participar de um workshop de vídeo, que tinha muito em comum com o curso que fazia na Met, mas com enfoque na internet.

Em algumas noites, a turminha saía para conhecer pubs. A palavra "pub" é uma abreviação de "public house" ("casa pública") e designa um tipo de bar muito popular no Reino Unido, com estilo medieval, iluminação baixa e ambiente acolhedor. Outras vezes, eles se reuniam na casa de algum colega, mesmo, para jogar conversa fora de um jeito mais econômico.

Polado também conseguiu aproveitar um pequeno recesso das aulas para conhecer a Noruega. Passou rapidamente por Lillehammer, a pequena cidade onde foi ambientada a série *Lilyhammer*, da Netflix.

Gabriel sempre quis esquiar e realizou esse sonho na montanha de Hafjell, a caminho da cidade de Gjøvik, também na Noruega. Com certeza, essa foi a maior e a mais perigosa aventura que já viveu em toda a sua vida – ao menos, desde o passeio de teco-teco com o pai, escondido da mãe, quando ainda era bebê. Subiu ao topo da montanha e desceu a uma velocidade de 60 quilômetros por hora. Para alívio dos pais e dos fãs, Gabriel conseguiu regressar inteiro para contar a história – em vídeo.

Uma das coisas que mais o marcaram era a proximidade entre as nuvens e o solo. Por conta disso, as luzes dos postes refletiam no céu, que, por sua vez, se espelhavam no chão. "Foi irado", ele lembra.

À meia-noite, tudo parecia tão claro que Polado e os amigos sentiam dificuldade em acreditar que o dia havia terminado. Era um fenômeno singular para Gabriel, que cresceu em Maceió e nunca tinha tido sequer contato com a neve.

Aqueles seis meses pareceram ter passado tão rápido como a descida de esqui. Polado tinha superado um desafio duplo: a formação em si e a independência financeira no exterior durante esse processo.

Após o trabalho de conclusão de curso, ele recebeu um e-mail do coordenador, que elogiou seu desempenho técnico e sua habilidade como comediante. Isso estava mesmo acontecendo: um coordenador da Met Film School ficou entusiasmado com Polado!

Gabriel embarcou de volta para o Brasil cheio de energia. Estava morto de saudade da família, de Luck, dos amigos e do Brasil. E poderia se dedicar integralmente ao canal outra vez, empregando tudo o que havia acabado de aprender.

A cabeça fervilhava de projetos e as propostas de trabalho aumentavam mais e mais. Mesmo com muita saudade de Maceió, Gabriel começava a assimilar a ideia de que se mudaria de vez para São Paulo, onde ocorria boa parte dos eventos com youtubers.

Antes mesmo de embarcar para Londres, já viajava semanalmente para participar de gravações em várias partes do Brasil – a maioria das vezes em São Paulo. Talvez fizesse mais sentido fixar residência na maior cidade do país.

Durante a temporada em Londres, Polado manteve contato regular com Coelho, do canal *Matei Formiga*. Os dois acabaram tomando a decisão de morar juntos e dividir as despesas.

Era uma parceria "da hora". Os dois já se conheciam havia um tempo e compartilhavam um tipo muito específico de trampo. Ninguém ficaria alarmado com gritos e maluquices vindos do outro quarto durante as gravações.

Decidiram procurar uma casa para evitar problemas com vizinhos próximos demais num prédio. Certamente teriam problemas com barulho num condomínio vertical.

Durante o tempo em que morou na Inglaterra, Gabriel precisou se conter um bocado. As regras no flat eram rígidas e tinham de ser obedecidas ou poderia ser expulso dali. Teve uma semana em que ficou resfriado. De repente, começaram a bater forte na porta. Era um francês, seu vizinho de quarto, que veio todo ignorante exigir que Polado tossisse mais baixo.

Pode um negócio desses?! Gabriel ficou "P" da vida, disse que estava doente e não poderia controlar aquilo. Ficou tão irado que acabou falando também alguns palavrões clássicos da língua-mãe. Para sorte dos dois, o francês não manjava de português.

Mas Polado estava prestes a desembarcar no Brasil. Cheio de saudade e entusiasmo. Voltaria a gravar em alto e bom som.

UMA DAS COISAS QUE MAIS DEIXAVAM GABRIEL IMPRESSIONADO ERA A PROXIMIDADE ENTRE AS NUVENS E O SOLO. AS LUZES DOS POSTES REFLETIAM NAS NUVENS, QUE, POR SUA VEZ, SE ESPELHAVAM NO CHÃO. À MEIA-NOITE, TUDO PARECIA TÃO CLARO QUE POLADO E OS AMIGOS SENTIAM DIFICULDADE EM ACREDITAR QUE JÁ ERA TARDE DA NOITE.

CAPÍTULO 14

A MUDANÇA PARA SÃO PAULO E AS MUDANÇAS EM SÃO PAULO

Polado chegou ao Brasil. Dessa vez, só fez conexão em São Paulo e foi direto para Maceió. É claro que a família o aguardava no aeroporto. Nunca tinha passado tanto tempo longe dos pais. Não se pode dizer que eles tenham ficado esse tempo todo sem "se ver". Mas, apesar das conversas pelo Skype e dos vídeos do canal, Adriana e Francisco estavam saudosos de ver o filho ao vivo, em três dimensões, saudável e feliz. Foi um momento de muitas risadas, lágrimas e abraços.

Como a viagem de volta havia sido longa, o filho preferiu que não fizessem nenhuma comemoração logo na chegada. Estava com saudade de casa também, do aconchego, da vida como ela era. Combinou com os pais algo especial para o dia seguinte.

Foi um almoço. Aconteceu em um restaurante, com toda a família reunida. Estavam ansiosos para saber sobre o curso, sobre Londres, sobre a Noruega, sobre o futuro. Polado contava suas histórias com entusiasmo, entre uma mastigada e outra. Como estava com saudade da família – e da comida brasileira!

Estava cheio de gás para produzir novos conteúdos para o canal. Gabriel sempre foi muito elétrico e inquieto. Sua cabeça funciona 24 horas por dia. Até quando dorme (o que faz pouco) parece estar em processo criativo porque já acorda cheio de ideias.

Mesmo suas paródias têm muita personalidade. Polado pensa rápido, cria o tempo todo. E leva muito a sério a responsabilidade que assumiu para si de entreter as pessoas. Mas ele precisava trabalhar tanto com demandas internas – as ideias que fervilhavam o tempo todo – quanto com solicitações externas, convites para trabalhos em paralelo à produção de conteúdo para o canal. O fato é que ele voltou da Europa ainda mais popular do que era antes de partir. E não eram só convites para ações publicitárias (foram muitas ao longo de sua carreira até hoje – grandes marcas já recorreram à imagem e ao carisma de Polado). Ele também foi convidado para ser um dos brasileiros que carregariam a tocha da Olimpíada Rio 2016. O revezamento da tocha passou por 83 cidades brasileiras. Vestindo o uniforme especial do evento – camiseta e short brancos, com detalhes em verde e amarelo, Gabriel percorreu um pequeno trecho em Maceió, mantendo a chama acesa. É claro que fez um vídeo a respeito!

Foi emocionante. Era como se realizasse um sonho que nem sabia que tinha. Talvez porque representasse a alegria de milhões de brasileiros. Funcionou também como um ritual de passagem – Gabriel estava prestes a se mudar definitivamente para São Paulo.

Aproveitou os últimos dias para curtir a família e os amigos na cidade natal e fazer as malas.

ELE FOI CONVIDADO PARA PARTICIPAR DO REVEZAMENTO DA TOCHA DA OLIMPÍADA RIO 2016. FOI EMOCIONANTE. ERA COMO SE REALIZASSE UM SONHO QUE NEM SABIA QUE TINHA. TALVEZ PORQUE REPRESENTASSE A ALEGRIA DE MILHÕES DE BRASILEIROS. FUNCIONOU TAMBÉM COMO UM RITUAL DE PASSAGEM – POLADO ESTAVA PRESTES A SE MUDAR DEFINITIVAMENTE PARA SÃO PAULO.

Gabriel chegou a São Paulo com apenas duas bagagens. Uma com roupas e objetos pessoais e a outra com o computador e outros equipamentos relacionados à produção dos vídeos para o canal. Era engraçado perceber que sua "empresa" cabia numa mala.

Ficou provisoriamente na casa em que Coelho já morava enquanto os dois procuravam algo mais viável para a mudança definitiva. A primeira casa que encontraram ficava no Jardim França, na Zona Norte de São Paulo. O bairro era bom, "mas a casa não era boa", lembra. "Parecia um lugar insalubre." O imóvel quase não tinha mobília. Na sala, só um sofá de dois lugares e um rack sem TV. Na cozinha, um frigobar, um fogão e um micro-ondas, "tudo velho pra caralho". Além dos dois amigos, morariam também na mesma casa outros três youtubers e ainda o yorkshire do Coelho, um bicho barulhento e encapetado que fazia cocô e xixi por toda parte. Daquele jeito não dava para continuar. O grupo decidiu que acharia uma casa nova rapidamente e que o cachorro arranjaria um novo lar com parentes do dono.

Havia alguns obstáculos para a referida locação. Os youtubers não tinham uma comprovação de renda. Ao menos, não de um jeito muito convencional. Afinal, não ganhavam exatamente um salário. Ganhavam por visualizações de seus vídeos, e o valor podia variar muito de um mês para outro. Nenhum deles tinha também um parente em São Paulo que pudesse (ou quisesse) assinar o contrato como fiador.

Foi então que a irmã de Coelho ofereceu uma solução: alugaria para eles um imóvel dela, uma casa antiga e espaçosa na Vila Mazzei, um bairro residencial e situado também na Zona Norte da cidade. Havia três quartos na construção principal e mais dois em um anexo ao fundo – ou seja, cada um teria o seu quarto/estúdio. A casa precisava de pintura e algumas reformas urgentes, como o polimento do piso de tacos e o conserto de vazamentos. Após um mês de obras e muita sujeira, tudo parecia estar razoavelmente resolvido.

Polado organizou seu quarto novo, que se tornou também o principal cenário de uma nova e próspera temporada de vídeos. Como eram cinco moradores fixos, fora convidados eventuais, eles contrataram uma faxineira para manter o lugar habitável. Era uma convivência tranquila. No entanto, Coelho e Polado precisavam de um local mais organizado e que tivesse uma melhor estrutura para ingressar com um projeto mais audacioso, que eles pretendiam realizar num futuro próximo.

Além dessa questão, claro, o convívio diário entre pessoas com objetivos e comportamentos divergentes acarretou num conflito de opiniões e tomada de decisões. Ficou combinado, então, que Polado e Coelho se mudariam dali. Procurariam uma casa ampla que pudesse suprir todas as necessidades inerentes à empreitada que estavam dispostos a levantar. E conseguiram. Não foi nada fácil. Tiveram que enfrentar um leão por dia. Passaram a compartilhar uma casa muito confortável, com sauna e piscina, num condomínio fechado no bairro nobre do extremo oeste de São Paulo

A sintonia de Polado e Coelho deu tão certo que a dupla decidiu pôr em prática tudo o que levantou para engajar o referido projeto, juntos. *O Canal da Casa*, criado em fevereiro de 2017, traria como diferencial uma proposta inovadora. "Os seguidores sentem muita curiosidade em relação ao que os youtubers fazem no dia a dia", contou. Nesse novo projeto, eles passaram a compartilhar suas aventuras bizarras com o público. Preferências extravagantes como degustações de sucos exóticos, assim como, também, de "salgadinhos mais estranhos do mundo", entre outras esquisitices. O clima era de improviso. Mas tudo feito com muita dedicação. O cenário era fixo e construído em um quarto da garagem da casa. Possuía uma bela bancada de madeira rústica e um paredão de bloquinhos coloridos. Em poucos meses, o canal da casa conquistou mais de 600 mil inscritos.

No entanto, apesar da grande importância desse projeto para o amadurecimento na carreira artística, tanto do Polado quanto do Coelho, o encerramento desse ciclo foi necessário para a abertura de novas oportunidades na vida pessoal e profissional de casa um.

FICOU PROVISORIAMENTE NA CASA EM QUE COELHO JÁ MORAVA ENQUANTO OS DOIS PROCURAVAM ALGO MAIS VIÁVEL PARA A MUDANÇA DEFINITIVA.
A PRIMEIRA CASA QUE ENCONTRARAM FICAVA NO JARDIM FRANÇA, NA ZONA NORTE DE SÃO PAULO. O BAIRRO ERA BOM, "MAS A CASA NÃO ERA BOA, LEMBRA". "PARECIA UM LUGAR INSALUBRE." O IMÓVEL QUASE NÃO TINHA MOBÍLIA. NA SALA, SÓ UM SOFÁ DE DOIS LUGARES E UM RACK SEM TV. NA COZINHA, UM FRIGOBAR, UM FOGÃO E UM MICRO-ONDAS, "TUDO VELHO PRA CARALHO". MORARIA COM ELES DOIS, OUTROS TRÊS YOUTUBERS, E AINDA O YORKSHIRE DO COELHO, UM BICHO BARULHENTO E ENCAPETADO QUE FAZIA COCÔ E XIXI POR TODA PARTE. DAQUELE JEITO NÃO DAVA PARA CONTINUAR. O GRUPO DECIDIU QUE ACHARIA UMA CASA NOVA RAPIDAMENTE E QUE O CACHORRO ARRANJARIA UM NOVO LAR COM PARENTES DO DONO.

CAPÍTULO 15

TEATRO, CINEMA E TELEVISÃO

Gabriel veio a este mundo para realmente fazer e acontecer. Não bastasse a coragem para enfrentar uma multidão de pessoas, ao vivo e em cores, interagindo corpo a corpo, ali, no meio do teatro, ele também enfrentou o desafio de participar de um filme brasileiro de comédia, lançado em 23 de fevereiro de 2017. **Internet: O filme** teve a participação de um elenco bem especial e contou com a atuação de mais de 13 youtubers, que saíram de um formato independente de produzir conteúdo para a internet direto para as telonas de cinema de todo o Brasil.

O filme foi dirigido por Fillipo Capuzzi Lapietra, com roteiro de Rafinha Bastos, Dani Garutti e Mirna Nogueira e distribuído pela Paris Filmes.

"Foi uma experiência muito boa. Tive a oportunidade de interpretar um personagem sério, diferente do que sou no dia a dia. Fiz o papel de Humberto, um gamer playboy obcecado por ser campeão no Street Fighter, mesmo que tivesse que usar de meios ilícitos para conseguir o seu objetivo."

Polado precisou viver uma experiência incomum. Nos seus vídeos costuma imprimir um traço muito forte de sua personalidade – o improviso. Quanto ao filme, precisou atuar seguindo um roteiro.

"Na verdade, nos divertimos muito. Embora o filme fosse roteirizado, pudemos dar um toque de improviso e personalidade aos personagens. Tínhamos essa liberdade de expressão", fala Gabriel.

No teatro, a sensação que o Polado viveu foi muito marcante. Casa cheia e uma troca imediata de reações esboçadas pelo público.

"A primeira vez deu um frio na barriga. Pessoas que vieram até de outros estados estavam ali só pra me ver. Precisava dar o meu melhor para não decepcioná-las. E foi assim que eu fiz."

O teatro também tem uma particularidade. O público presente traz um feedback instantâneo. O Polado teve oportunidade de conferir isso. Público atento a cada passo dado em cima do palco principal. Rostos com expressões de alegria, espanto ou até mesmo um silêncio enigmático, que não traduz o verdadeiro sentimento em relação àquele momento.

Ao término do show, Polado recebeu atenciosamente todos os fãs que foram prestigiá-lo. "Fiz questão de falar com todos eles. Afinal de contas, deixaram seus projetos de lado para dedicarem um tempo à minha pessoa. Muitos deles eram menores de idade e precisaram estar acompanhados de seus pais. Não tem dinheiro que pague tanto carinho", lembra Gabriel.

Os futuros planos de Polado incluem novos e inusitados projetos. "Venho amadurecendo as minhas ideias. Quero trazer mudanças e novidades na área de entretenimento. Acredito que ainda tenho muito a realizar", revela o youtuber.

AO TÉRMINO DO SHOW, POLADO RECEBEU ATENCIOSAMENTE TODOS OS FÃS QUE FORAM PRESTIGIÁ-LO. "FIZ QUESTÃO DE FALAR COM TODOS ELES. AFINAL DE CONTAS, DEIXARAM SEUS PROJETOS DE LADO PARA DEDICAR UM TEMPO À MINHA PESSOA. MUITOS DELES ERAM MENORES DE IDADE E PRECISARAM ESTAR ACOMPANHADOS DE SEUS PAIS. NÃO TEM DINHEIRO QUE PAGUE TANTO CARINHO."

Entre tanta correria para dar conta de inúmeros compromissos de trabalho, eis que surge uma grande proposta profissional. Certamente, a mais ousada de todas, até então.

Gian, gestor do Winnin (portal que confronta vídeos engraçados e em diversas categorias postados na internet), estava com uma parceria com o Multishow para desenvolver um programa multiplataforma no canal por assinatura da programadora de televisão brasileira Globosat. O objetivo maior desse programa era buscar a conectividade da TV com a internet. Eis que surgiu uma grande oportunidade para o Polado estrelar um programa de televisão.

O presidente da agência que administra as ações do Gabriel foi o mediador desse convite inesperado. "Na hora que fui convidado, fiquei um pouco ansioso e nervoso. A responsabilidade era muito grande. Tive receio de não conseguir acompanhar e adaptar o ritmo frenético do meu trabalho no YouTube com o compasso de um programa na televisão. Não tinha experiência e isso me amedrontava um pouco", diz Gabriel.

Inicialmente foi necessária a participação dele em algumas reuniões para que junto a toda equipe fossem discutidas opções de formato que tivessem mais a ver com o seu público. "Tive a liberdade para modificar o roteiro e dar sugestões para agregar mais humor ao formato a que se propunha o programa. Embora ali estivessem profissionais com muita experiência, eles ouviram as minhas ideias, entendendo a minha proximidade e conhecimento em relação à dinâmica do YouTube e das redes sociais."

Assim nasceu o Só pra parodiar, humorístico em que Polado comanda uma competição de paródias criadas e produzidas por 32 youtubers, abarcando músicas famosas, numa disputa que envolveria as redes sociais e votações no Winnin. A proposta do programa seria escolher o melhor youtuber de paródia do Brasil.

O programa aconteceria uma vez por semana e teria a participação de convidados pra lá de especiais. Seria uma oportunidade para conhecer, trocar uma ideia e até construir novas amizades.

Gabriel começou a trabalhar num ritmo mais acelerado do que nunca. Estava colhendo os frutos de anos de persistência e dedicação. No entanto, não foi um desafio fácil para o Polado. Ele precisava viajar todos os fins de semana para gravar o programa no Rio de Janeiro. Chegava à noite ao hotel que ficava instalado e tinha pouco tempo para dormir. Acordava cedo, tomava café da manhã e seguia rumo ao set de gravação.

"Saí da minha zona de conforto. Antes gravava improvisado num quarto com minha câmera e mais ninguém. Agora, precisava tratar com produtor, diretor, roteirista, câmeras e artistas nacionais. Oxe! Quase me esqueci do preá", completa Gabriel.

Foi realmente uma experiência singular. Cada pessoa da equipe tinha a sua importância e fazia seu trabalho muito bem. Vlad, o diretor; Gian, do Winnin, e os produtores tiveram uma relação mais próxima com o Polado.

"No início tive certa dificuldade, pois prestava atenção em tudo no set. Ao longo do tempo percebi que só precisava focar em apresentar o programa e bater um papo legal com os competidores, convidados e o público interativo. Aprendi a lidar melhor com a câmera e a trabalhar com mais gente na produção audiovisual."

As gravações aconteciam e Polado logo retornava a São Paulo. Durante a semana, criava, produzia e editava trechos de paródias para apresentar durante os episódios.

Muitas vezes voltava tão cansado que, para a sorte dele, esquecia até que estava dentro de um AVIÃO.

Gabriel ainda precisava dar conta de todos os seus outros projetos. Fazer vídeos para o seu canal, resolver compromissos externos, ações e suas ocupações de ordem pessoal. UFA!

O cansaço do Polado também trazia um contentamento imensurável por ter sido escolhido para participar de um projeto desses.

Em cada etapa da competição, ele tinha uma motivação maior para fazer o seu melhor. Afinal de contas, sempre prezou por não se contentar até que tudo estivesse dentro dos conformes.

"FOI REALMENTE UMA EXPERIÊNCIA SINGULAR. CADA PESSOA DA EQUIPE TINHA A SUA IMPORTÂNCIA E FAZIA O SEU TRABALHO MUITO BEM. VLAD, O DIRETOR; GIAN, DO WINNIN E OS PRODUTORES, TIVERAM UMA PROXIMIDADE MAIOR COM O POLADO"

A primeira temporada terminou. Foi um programa experimental e superou todas as expectativas. Acabou dando muito certo! Trouxe bastante atenção para o cenário atual do YouTube, mostrando como é grande a plataforma e como um programa inteiro podia ser baseado nos criadores do site.

Polado cumpriu o dever de casa e deu conta do recado.

Ele, que nos últimos anos era abordado por fãs adolescentes por toda parte, agora também é reconhecido por adultos. Tem convivido com muita gente, trocado muita ideia, participado de diversos eventos. Com tanto estímulo, Gabriel está cada vez mais inquieto, criativo e produtivo. Até que percebeu que na sua carreira faltava um livro. Pronto, agora não falta mais – tá ligado, meu irmão?

Bora ver agora o que vem por aí.

MOMENTOS QUE GELARAM MINHA ESPINHA E TRANCARAM MEU TOBA:

1 QUANDO O NÚMERO DE INSCRITOS AUMENTOU RAPIDAMENTE;

2 QUANDO RESOLVI DESISTIR DA FACULDADE DE ENGENHARIA CIVIL;

3 QUANDO FUI RECONHECIDO PELA MET FILM SCHOOL;

4 QUANDO PRECISEI ATRAVESSAR O OCEANO ATLÂNTICO DE AVIÃO COM FOBIA DE AVIÃO;

5 QUANDO PISEI PELA PRIMEIRA VEZ NAS RUAS DE LONDRES E QUASE FUI ATROPELADO ESPERANDO QUE O TRÂNSITO FLUÍSSE DA ESQUERDA PARA A DIREITA;

6 QUANDO CAPOTEI DE ESQUI NA NORUEGA A 60KM/H E QUASE FUI EM 2 SEGUNDOS DE UMA MONTANHA DE GELO PRO INFERNO DE FOGO;

7 QUANDO ME FANTASIEI DE COELHO E PRECISEI SACANEAR PESSOAS NAS RUAS DE LONDRES PARA PRODUZIR MEU PRIMEIRO CURTA-METRAGEM;

8 QUANDO ME MUDEI PRA SÃO PAULO SÓ COM UMA MALA DE ROUPAS;

9 QUANDO ACEITEI CONDUZIR UM PROGRAMA DE TV.

Este livro foi composto em The Serif e Flood e impresso pela
Intergraf para a Editora Planeta do Brasil em fevereiro de 2018.